JN070607

著：シゲ【Shige】
イラスト：オウカ【Ouka】
「お、お待たせしました……」
異世界でスロ～ライフを願望
いせかいて すろ～らいふを (かんぼう)
I have a slow living in different world
(I wish)

ソルテ
レンゲ

案内人さん
ウェンディ
シロ
アイナ

「口で……取ってくれますか？
ほらほらぁ、垂れちゃいますし、
早くしてくださいよう」

6

著：シゲ【Shige】

イラスト：オウカ【Ouka】

異世界でスロ～ライフを〈願望〉 6

I have a slow living in different world (I wish)

CONTENTS

序章　伝説のスキルは呆気なく

ひぃ……ひぃ……ふう。辛い……。息が上がる。

口の中が苦い……どうして、どうして俺がこんな目に遭わなければいけないのだ……。

「イッキさーん！　そちらに連れていきますよー！」

隼人の声がする前方、土煙を上げて迫るのは、数多くの蜥蜴の魔物。

そんな魔物に追われながらも隼人は相変わらずの爽やかな笑顔で俺に向かって手を振っている。

「エミリー。土の魔法で周囲を囲むわよ」

「土精霊……お願いね」

レティとエミリーがそれぞれ魔法と精霊魔法で土をせり上げ、蜥蜴達を囲むようにして封じ込める。

精霊魔法とは、精霊の力を借りる魔法のことであり、普通の魔法よりも魔力消費が少ない上に、高威力を叩き出せるそうだ。

ただし、現在この世界では精霊の数が驚くほど減っており、エミリーはその調査をするためにエルフの国を出てきたらしい。

ちなみに隼人は下からせり出てきた土の壁に囲まれることなく、なんともないようなごくごく自然な表情で楽々と越えてきた。

「ほらほら主さん！　さっさと押しつぶすのです！」

「ん。打ち漏らしはちゃんと処理するから。主。やる」

「ご主人様！　頑張ってください！」

「はいー……」

ミイやシロ、ウェンディにまで応援されて俺は不可視の牢獄を発動させ、透明な壁のような一応立方体を作り出すスキルで落とし蓋をするように、囲まれた蜥蜴の魔物へと振り下ろしていく。

土壁に囲まれているため逃げ場などなく、ただただ見えない壁によって哀れな魔物の蜥蜴達が、ギーとえぐい声を上げて潰されていった。

【レベルが　15　に上がりました】

そして、上がるレベル。そう。これは俺のレベル上げだ。

なんでかって？　俺のレベルが低いからです。

低すぎて、最近弓を習い始めたクリスと腕相撲をしても拮抗した挙句負けてしまったからです。

びっくりだよ……。華奢でか弱いクリスなのだが、調理で重いものを持ったり、弓の弦を引いたりで、STRは少し鍛えられていたらしい。

更には、隼人達と旅をするにあたり少しずつレベルが上がったそうで、レベルは24。俺は10だった。

14の差は意外と大きいからと慰められたが、見た目可愛らしい少女と同じ、いやそれ以下の筋力……と、ショックを受けていたら、帰るまでの間に盛大にレベルを上げよう！　と、決まったのだ。

Aランク冒険者の『紅い戦線（レッドライン）』だけではなく、英雄たる隼人のパーティまで参加しての超豪華陣による安心安全間違いなしのぬるま湯レベル上げの機会なのだから、頑張った方がどう考えてもいいに決まってるのはわかっている。わかっているのだが……。

根っこの基礎体力が違うのに気づいてくれないんだよ！

もう十時間くらいぶっ続けなんだよ！

お日様が出ていたはずなのに、もう沈みかけなのに気づいて！

目もシパシパしてきたうえに、足も痛いし腰も痛いし魔力回復ポーションしか口にしてないから口の中は薬草臭いわ、お腹（なか）はすいたわでもう限界だよ……。

レベルも5も上がって15になったんだしさ、もうそろそろいいんじゃないかな……？

でも、皆俺のためにこんな長時間頑張ってくれているのだから、なかなか言い出しにくいんだよ……。

「イツキさん、レベルはどれくらいになりましたか？」

「あー……今ので15に上がったな……」

「それでは、キリもいいですしこれで終わりにしましょうか。その……疲れてきちゃいましたしね」

流石（さすが）は隼人。わかってる。隼人が本当は疲れていないことはわかってる。

隼人はイケメンの中のイケメンだから、気づかいもできるのだろう。

「あー……魔法しか使ってなかったのに体が痛い……。帰ったらお風呂入りたい……あー……動きたくない……」

「だらしないわね……」

周囲を警戒し、突然の襲撃などに備えていてくれたソルテ達が戻ってきて情けない俺を見下ろすのだが、なんとでも言ってくれ……。

ああ、疲労困憊で歩いて帰るのが億劫だな……あ、そうだ……不可視の牢獄に乗って帰ろう。

「おお……これは楽ちんだ」

以前は立って乗って上空へと上がっただけだが、今回は腰かけているので凄く楽である。勿論、背もたれ付きである。

「ん。主の横ゲットー」

「では、私はこちらに……」

不可視の牢獄は透明で見えないはずなのだが、俺が腰かけている位置から大体どのあたりに不可視の牢獄の端があるのかはわかるのだろう。

まあ、四角形なので手探りで端は探せるのだが、ひょいっとシロがジャンプしながら体を捻って横に座り、ウェンディは手を添えて後ろ向きにお尻を乗せる。

「どうせなら全員乗ってけよ。まあ、城門から見えない位置で降ろすけどな」

空間魔法の存在を広く知られるわけにはいかないからな。

王都では隼人達とアイリスとアヤメさん。

シロと隼人の戦いの際に余波を防ぐのに使ったところを見られ、物知りなアイリスと、傭兵稼業でスキルに詳しいアヤメさんには気づかれた。

で、テレサもあの大聖堂で暴れた時に見えない壁が張ってあるのになんとなく気づいていたようだ。

副隊長は……あの時ボロボロにされていたので気づかなかったようだが、後から知ったようなので、広めるべからずとしっかりと念を押しておいたから大丈夫だろう。

もし話したら……副隊痴女うの名が、聖女の名のもとに王都で容認されることになるだろう。

「よし、全員乗ったな。それじゃあ行くかー」

速度はまあまあで、少し速く走れる自転車くらいが無理のない程度。

MPはガンガン減っていくが、これもステータス向上の手段であるし、家に帰ったらお風呂に入ってベッドにダイブするので頑張ろう。


【空間魔法のスキルレベルが　5　になりました】

【新たに座標転移（ポイントゲート）を覚えました】


「……はいっ!?」

え、え？　座標……転移？　転移の魔法だよな？　え？　こんなにあっさり覚えるものなの!?

もっとこう……物凄く修練を積んだりとか、ピンチになったら都合よく新たな力に目覚めるように覚えたりとか……いや嬉（うれ）しいよ？　嬉しいんだけど……ちょっと拍子抜けというか……。

勿論、『空間座標指定（エリアポインティング）』のスキルを覚えた時に、これは間違いなく転移を覚える際に使うスキルだな！　と、期待は持っていたんだよ。

でもまさか、次のレベルだとは……。

「ご主人様？」

「主？　どうしたの？」

「あーいや……その、だな……」

どうする？　でも、ここにいるメンバーになら言ってしまっても構わないか。

「転移スキル。覚えちった」

少しの沈黙が訪れるも、その間にも不可視の牢獄（インビジブルジェイル）は移動をし続け、気持ちのいい風を切る音だけが聞こえてくるような静寂。

「「「「はい!?」」」」

そして見事なまでに揃（そろ）う驚きの声が響くのだが、まあそんな反応が正しいだろう。

「はっはっは。これでいつでも、王都に遊びに来られるな！」

「笑いごとじゃないですよ！　いや、勿論イツキさんが遊びに来てくれるのは嬉しいですけど……。あ、おめでとうございます！」

「おう。ありがとう。差し当たっては王都に来る際は移動地点として隼人の家に一回飛ぶようにしたいんだがいいか？」

そうしないと、転移先にたまたま人がいたりしたら大問題になっちゃうからね。

隼人の家ならば、フリードに話を通しておけばばれる心配もないだろうし。

「もちろんです！　イツキさん用に部屋を一室こしらえておきますので！」

満面の笑みで嬉しそうに話す隼人。

普通自分の家に出入りされるとか嫌だと思うのだが、隼人はそんなことを思いもしないのか、嬉しそうに答えてくれた。

「はぁー……本当に転移ってあるのね」

エルフの知恵者であるエミリーが興味津々な様子で俺を見ているのだが、俺を見ても何もわからないと思うぞ。

「そうだな。まあ、空間魔法があるんだから転移はあってほしかったけど、実際あってよかったよ……」

「それってどこへでも飛べるの？」

「どうだろう？　調べてみるか」

鑑定スキルを用いて自分のスキルを鑑定してみる。

すると、より詳細な説明が頭の中に浮かび上がってくる。

【座標転移（ポイントゲート）　指定した2点の座標を繋（つな）ぐゲートを開く。使用者、または使用者に触れている者が転移可能。人数が増えるほどMP消費量増加。物体と重なり合う座標に座標転移（ポイントゲート）を出すことは不可能】

んんー……おおむね予想通り空間座標指定（エリアポインティング）で何もない空間を指定し、そこに座標転移（ポイントゲート）のゲートを生み出せるってことかな？

で、俺一人なら普通にくぐれるが、他の人も一緒の場合は俺に触れてなければならないと。

で、人数が増えるとMP消費量が上がるってところかな。

「一応行けるみたいだが、空間座標指定(エリアポインティング)で座標を指定しないと無理だから、適当な座標を指定するのは危険ってところかな。座標を調べておけば、いつでも転移することは可能だと思う」

もしわからないところに転移したすぐ真下がマグマだとか海だとか、それこそ魔物の巣窟だなんてこともあるだろうから、危険を冒さぬようにした方がいいだろう。

メモが必須だな……。だが、皆も連れていけるようだし相当有用なスキルだろう。

「でも、戦闘スキルではないのね……」

レティが言う通り、戦闘スキルではないが、緊急の場合に逃げるには最良のスキルだから、俺にはぴったりだと思う。

「まあ、戦闘なんて俺には向いてないからな。ほどほどでいいんだよ」

それじゃあ早速フリードに座標を合わせて帰るか？　と思ったのだが、城門から出てきているので流石にそこから帰らないとまずいとなり、転移魔法のお披露目は後日となるのだった。

第一章　秘めたる想いを伝えるために

(I wish)


「さて……んんー……はあ。帰って来たな……」

王都から丸三日かけ、ようやくアインズヘイルの城壁が見えてきたことで、ほっと一息つく。

せっかく転移スキルを覚えたのだし、転移で帰っても……とも思ったのだが、まだ理解しつくしているわけでもない上に、行きは馬車だったのに帰りは違うというのもどこからか怪しまれるかもと警戒した結果である。

もう何人かには知られてはいるが、空間魔法は伝説級の魔法。

アイリスにも、なるべく他人に知られるなと、釘を刺されているからな。

ちなみに、転移魔法を覚えたと言ったら『これでいつでもアイスが食べられるではないか！』と、目をキラキラと輝かせていた。

もう頭の中はアイスしかないようだ。

近々アインズヘイルにも来るらしいので、その時は新作のアイスでも振舞ってやろう。

「まずはお掃除からですねご主人様」

「そうだな……結構日を空けちまったからな……」

出発前にダーマあたりに頼めば、家の管理はしてもらえたかな？

あいつ、確か不動産関係の仕事だったはずだし……でも、かわりに何を頼まれるのか怖いから、掃除くらいは大した手間でもないか……。

しかし、隼人のところには長いことお世話になったにもかかわらず、別れは相当惜しまれたな。

惜しまれすぎて改めてレティ達に関係を疑われたのだが、俺も隼人もノーマルだっての。

でも、隼人達とフリード、テレサや副隊長、アイリスとアヤメさんという王都で出会った皆が見送りに来てくれたのは嬉しかった。

「ご主人は休んでてもいいっすよ？　こういうのは自分達がやるっすから」

「そういうわけにもいかないっての。皆の家なんだし、皆でやった方が早いだろ」

「でしたら、ご主人様は錬金室をお願いします。ご主人様のお仕事をするお部屋ですし、触れてはいけないものは私達にはわかりませんので……」

いや、別に材料とかは全部魔法空間にしまってあるので、何も置いてないから触っちゃいけないとかないんだけど……。

とはいえ、一応『ご主人様』だから気を使われているのだろう。

「わかった。それじゃあ、終わり次第そっちを手伝うよ」

「ん。他はシロ達だけで大丈夫。主はお仕事してても休んでてもいい」

「あー……確かに。冒険者ギルドへのポーションとか、ヤーシスから頼まれてる仕事もお休みしているし、多分帰って来たって伝わったら追加で来るだろうし……。そうだな。悪いけど、そうさせてもらうかな」

行く前に多めにバイブレータは渡していたとはいえ、売れ行きは上々のようだし在庫がなくなっ

ているかもしれないしな、
要求される前に準備をしておく有能っぷりを見せておくか。

で、だ。

「ふわあー……」

あー……長旅と掃除の結果、疲労感と安心感で仕事用の椅子に腰かけた瞬間に眠くなってしまった……。

もはや見ずとも作れるポーションを見ないで作りつつ、机につっぷしてしまう。

作り始めたころは悪戦苦闘して一個一個集中しないと失敗したもんだが、今じゃあこのありさまでも作れるのだから、経験とスキルとは恐ろしい。恐ろしいが、楽が出来て大変良い。

さて、ＭＰの節約と作り方を忘れないために手作業で作っていたが、そろそろ『贋作(マルチコピー)』スキルで流石(さすが)に魔道具やアクセサリーは細かい作りが大事になってくるのでこんなやり方は出来ないけど。

増やすとしよう。

……の、前に少し寝ようかな。少しだけ、ほんの少しだけね。

どうせならベッドで寝たいのだが、この抗(あらが)えない感覚で寝てしまうのが最高に気持ちがいいのだ。

腕で枕を作るとすぐに、頭が働かなくなってきた。

呼吸もいつの間にかすうすうと落ち着いていて、もう少しで……眠れ……る……。

「……じ様。あれ？　寝てるの？」

あー……っと、この声はソルテか？

いつの間に入って来たのだろう……いや、もしかしたら俺がいつの間にか寝ていて気づかなかっただけかもしれない。

「……寝てる……わよね？」

おそらく顔を覗き込まれ、寝汗で額にくっついた前髪を撫でられている。

起きてるよ。と、顔を上げてもいいのだが、俺が寝ているとわかったソルテがどんなことをするのかちょっと気になったのでこのまま狸寝入りをしてみよう。

「……えい」

「っ……」

頬を突かれた拍子にビクッとしてしまうが、大丈夫だ、まだばれていないはず。

寝ているところを邪魔された不快感を表すために眉根を寄せてみよう。

「えいえい」

「んんぅ……」

やばい。俺、実は演技の才能があるんじゃないかと思うほどに、とても自然な声が出せた。

「ふふ。変なの」

いやお前、人の顔で遊んでおいて変なのはないだろう。

この犬め……人が寝ていると思って調子に乗りおって……起きていたとネタばらしをした時の顔をたっぷり拝んでやるからな。

「全然起きないわね……疲れてたのかしら」

そうだよ。疲れてたんだよ。

オリゴールのおかげで舗装はされているとはいえ、まだガタガタする道を車輪が木製の馬車で丸三日も移動していれば、舗装された平らな道をゴムのタイヤで進んでいた世界から来た俺にはとても疲れるのだ。

ああ、文明の利器が恋しかった。

というか、とても便利で使い勝手の良いゴム製品が無いんだよなこの世界。

「……ねえ。大事な話があるんだけど………」

ん？　なんだ？

さっきまでと声の質が違うというか、切実なお願いのような声を出しているソルテだが、その続きを待っていても一向に言葉が続かない。

「……違うわね。聞いてほしいことがあるんだけど？　うーん、お願いを聞いてほしいんだけど……？　わがままかしら……？」

何やらぶつぶつと呟(つぶや)いているのだが、なんだろう？

「はぁ……どうしよう。黙って出ていくわけにもいかないし、レンゲの時みたいなすれ違いは絶対ごめんだもん……。ちゃんと言わなきゃなのに、主様を目の前にすると練習でも緊張するわね……」

「……」

「……自分勝手だって、愛想つかされないかな……」

あー……これはアレだ。

絶対に起きちゃいけないやつ。空気の読める俺はちゃんとわかってる。

あと、さっき演技の才能があるかもと言ったが、あれは嘘(うそ)だ。

今起きた感を出して、この場をやり過ごせる自信などない。

「気持ち……伝えるんだもん。その前にちゃんと、しないとね」

どうにも思い詰めたような声を出すソルテ。

「んん……」

「本当、起きないわね……実は起きてるとかやめてよ？」

……はい。起きてまーす。

「ソルテ？　何をしているんだ？」

「ひゃああっ!?……なんだ、アイナじゃない。驚かさないでよ」

「主君は……寝ているのか。どうした？　悪戯(いたずら)でもしていたのか？」

「そう。全然起きないの」

また頬をえいえいと突かれるのだが、普通なら流石に起きるよ？

何回も頬を突かれたら、流石に起きると思うよ？

でも、今起きてもどんな顔すれば良いのかわからないんだよ。

「こ、こら。せっかく寝ているんだから起こしたら可哀想(かわいそう)だろう」

「ええー。だって夕ご飯の買出しもあるし、起こさなきゃしょうがないじゃない」

「それはそうだが……」

「ねえ、キスしちゃおっか？」

「なっ！」

なっ！

「昔話にあるでしょ？　眠り続けているお姫様をキスで起こす話」

「それは勿論知っているが、主君はお姫様じゃないぞ？」

そ、そうだぞ！　確かにお前達よりも弱くて、か弱くて、貧弱だけどお姫様ではないぞ！

クリスにすら負ける腕力の持ち主ではあるが、お姫様ではない！

俺が連れ去られでもしたら隼人や皆が助けに来てくれたりは……するかもしれないが……。

「そんなこと言われなくてもわかってるわよ。でもほら、起きないし私達二人しかいないし、チャンスじゃない？」

「そんな寝こみを襲うような真似……」

「しないならいいわよ。こんな恥ずかしいこと、起きてたら出来ないしね」

え、ちょ、良いのか？

そりゃあ今更お前の気持ちに気づいていない鈍感野郎ではないのだけれど、これを甘んじて受けて良いのか？

それとも直前で起きて寝たふりをしていた演技を……って、だから絶対ばれるってーの。

「待てっ！」

「……なに？」

「いや、その……私も……」

「ふふ、冗談よ。だって私、ファーストキスもまだだもん。やっぱり初めては主様からしてほしいわよね」

「なっ……！　からかったなソルテ！」

「見ればわかるでしょ？　顔は出ているけどキスしにくい体勢だし、それに普段乙女ソルテたんとか言ってからかってくるお返しよ」

「それはレンゲだ！」

「アイナもレンゲの横で笑ってるじゃない！」

「呼んだっすかー？　あー二人ともサボってるっす！　ウェンディー！　二人がご主人といちゃこらしてサボってるっすー!!」

いちゃこらなんてしてないよ!?

俺寝てただけじゃん！……フリだけど。

「あらあらあら……お二人ともサボりでしたら、罰が必要ですよ？」

「な、なんでよ！　私の担当場所は終わらせたわよ！」

「ああ、ソルテの担当した場所なのだが、細かいところに埃(ほこり)が残っていたから捜していたのだ……。このままではウェンディに叱られるぞと言おうと思ってな……」

「なっ……それなら早く言ってよー！」

「ソルテたーんいくらご主人を独り占めしたいからって掃除を雑にするのは良くないっすよー」

「してないわよ！　本当に気がつかなかっただけなの！」

「はい。それではソルテさんは罰としてお買い物役から外します。アイナさん、レンゲさん、シロと私の四人の中から二人、ご主人様とお買い物に行くとして、それを決めてからご主人様を起こしましょう」

「ちょ、ちょっと私も入れてよー！」

…………ぷはあ。ようやく全員部屋を出たか。

それにしても、寝たフリも意外と大変なんだな……。

「さて……どうしたもんかね……」

「ん」

さっきの様子から察するに、出ていこうとしてるんだよな……。

その前に、ちゃんと告げてはくれるようだが……って、あれ？　誰が返事をしたんだ？

「主？」

「シロさん!?　いつからいたの!?」

「最初から。ソルテが入ってくる前」

ええー……。

「全く気がつかなかったぞ……？　どうやって入ったんだよ……」

「普通に？　主寝てたから驚かそうと思って隠れてたら、ソルテが入って来た」

ああー……意識があんまりはっきりしていなかったから気がつかなかったのか？

それにしても、俺で陰になっているとはいえソルテも皆も気がつかないもんなんだな……まさか、陰になって暗いからといって隠れるためだけに被装纏衣・壱被黒鼬を使ったのだろうか？

「ソルテ達、どこかに行くみたい？」

「んんー……そうなるよな。でも、どこかってどこだろうな……」

「ん……多分。強敵と戦いに行く」

「やっぱりそんな感じかね……？」

俺から離れ、強敵と戦いに行く。

それが、救護室を出た後にシロが言っていた、三人が決めたことなのだろう。

強くなるために……今までにない強敵へと挑み、壁をぶち破り一歩前進するつもりなのだろう。

「主、心配……。シロのせいで、ごめんなさい」

「いや、シロのせいじゃないよ」

シロはシロが促したからだと思い謝ったようだが、元をただせば俺の中途半端な態度が悪い。

三人の気持ちを感じていながらも、変に壁を作って拗らせてしまったのは俺のせいだ。

ここまで追い詰めてしまったのだから、シロが何かをしなくても時間を経て思い至り、いずれはこうなっていた可能性が高いのだ。

「とりあえず、事前にわかったってのは良い方にとらえておこう。俺になにが出来るのかは……まだ、わからないけどどな」

「……主が、止めたいのなら止められるはず。でも……」

「ああ。そうしちゃ駄目なんだろうなってことは俺にもわかるよ」

俺が本気でお願いすれば、きっとどんな形であれ止められるだろう。

それこそ、初めてだが奴隷に対しての強い命令だって出来る。

止めようと思えば止められるのだ。

でもそれは三人の覚悟を、さっきのソルテの真剣な想いを、潰してしまうことになる。

それは……三人を愚弄し、辱めること以外の何物でもないだろう。

とはいえ……止めちゃ駄目だとわかっていても心配なことには変わりない。

「ん。シロに出来ることは、なんでもする」

「普段は喧嘩ばかりだけど、シロも心配なのな」

「……三人も主の大切だから。シロはそれを守るだけ」

少し頬を染めたシロ。

俺がニヤニヤしていると、ぽかぽかとパンチを繰り出してくるが痛くはない。

さて、どうしたものかねえ……。

俺の反応が薄いとパンチをやめたシロが定位置である膝の上に乗り、俺に体を預けてくると、尻尾で足をペシペシと叩くのであった。

どうしよう……眠れない。

夜も大分更けて周囲も静寂に包まれた時間帯になるのだが、目を瞑ると昼間の出来事が浮かんできてどうにも目が冴えてしまうのだ。

気分転換にバルコニーに出て以前作った大きめの椅子を広げ、横になって星空を見上げているのだが、どうにも頭が働かない。

ふと、俺がこの世界に来てアイナ達が奴隷になった頃を思い出す。

当初は、レインリヒに言いくるめられて材料収集をお願いしていただけだったんだけどな……。

おかげで随分と助かっていたし、今考えても現状があるのは彼女達のおかげだ。

ウェンディの時も、彼女達が集めてくれた材料のおかげで大量のアクセサリーを作ることが出来たのだ。

その後、ちょっとした勘違いから犯罪奴隷へとなってしまった三人。

解決するために腹を切ってと……思い出すと切った腹が痛い気がしてくるが、後悔など微塵もしていない。

「賑やかになったよな……」

家を手に入れ、食卓を六人で囲むのが普通になっていって、騒がしくも楽しい生活を手に入れることが出来た。

そこから、突然三人がいなくなるのかと思うとやはり寂しくて、勿論帰ってくると信じてはいるが心配だと思わざるを得ない。

でも、止めちゃ駄目なんだもんな……ああ、もうどうすりゃいいんだよ……。

大体どこに行くかもわからないのだから、現状考えるだけ無駄なのかもしれないが、じっとしているだけというのもどうにも落ち着かない……。

「あー……駄目だ。何も思いつかないし、眠れもしねえ……」

「……ご主人？　こんな夜更けに、なにしてるんすか？」

夜空を見上げる俺に星を隠すような影が現れ、太ももを確認後にぱいを経てきょとんとしたようなレンゲの顔が逆さに映る。

「あーあーもう。何もかけずになにしてるんすか？　風邪ひいちゃうっすよ」

レンゲは呆れたような笑みを浮かべながら、手に持った厚手の布団を俺にかぶせてくれた。

「……レンゲこそ、どうしたんだよ」

「自分はトイレに起きたんすけど、帰り際になんか気配がしたから様子を見に来たらご主人が外で寝てるんすもん。風邪ひいちゃまずいだろうと思って、自分の部屋からかける物を持ってきたんすよ」

「そっか……。悪い、ありがとな」

「いいっすよー。うう、意外と冷えるっすね」

レンゲは普段通り……ではなく、普段着に似ているパジャマ姿だ。

確か、王都で買ってたんだっけかな？

寝間着用なのか耳まですっぽり入りそうなフード付きのノースリーブの上着と、普段通りのパン

ツルックに太ももが映えるのだが、夜風に当たるには寒そうな出で立ちである。

「そんな恰好(かっこう)なら当然だろ」

「えぇーそういうこと言うんすかー？　ご主人が気に入ると思ったから着てるっすのにー」

そう言うと自分の太ももに手を置いて圧をかけてくにゅっと形を歪(ゆが)ませ、見せびらかすように俺の目の前に出してくる。

「ほらほらー。ご主人が大好きな太ももっすよー？　隠したら悲しくならないっすかー？」

くるりとゆっくり一回転をして、たっぷりと見せつけてくるレンゲ。

視線は完全に釘付けとなってしまったあたり、完全に好みを把握されているようだ。

「むう……」

そして言われた通り確かにそれは悲しいな……。

レンゲの太ももは至高である。

それがたった一枚の布であっても見えなくなるのは、とても悲しい出来事かもしれない。

「寒いけど、ご主人のために出してるんすよー」

「悪かった。ほら、レンゲも入れよ」

「えっへっへー。なら、遠慮なく！」

レンゲはにかっと明るく微笑(ほほえ)み、開いた布団にもそもそと入ってくると、俺の体に沿うように体を寄せてくっつけてくる。

さりげなく俺の手を取って、太ももと太ももの間に仕込んでくれたことに、レンゲの優しさを強く感じて感謝を心の中で唱えておく。

「はぁー……ぬくぬくっすね」

「だな……。温かい」

手は言わずもがな幸せ真っ最中だし、布団もレンゲが先ほどまで寝ていた布団なのか、微かに石鹸とレンゲの香りと温もりが残っていて、かけてもらったそばから暖かかった。

さらには布団は一人用なので、レンゲがくっつかないと収まりきらないから尚のこと温もりを感じられていた。

「あーでも、下がスカスカだからちょっと寒いか」

寝ているのはビーチベッドのように隙間の空いたものだからな。

下を風が抜けると、ちょっと肌寒く感じるのだ。

「なら、もっと近づけばいいんすよー」

そう言ってレンゲが俺にもっと体を寄せるとレンゲのぱいの柔らかい感触が伝わってきて、顔と顔の距離が一気に近くなる。

するとレンゲはニヤニヤと笑い、俺がぱいの感触をしっかりと受け取ったことがわかったようだ。

「いやあ、おっぱいじゃないのが申し訳ないっすね」

「いやいや、十分ある方だから安心しろって」

「……何をもって安心すればいいんすかね？」

俺基準の格付けではぱいという判断だが、レンゲだってある方だ。

立派なぱいなのだから、胸を張るといいと思う。

「ご主人っておっぱい好きっすよねー」

「ぱいだって好きだぞ？」

「ああ、いやそういうご主人基準の違いの話じゃなくて……。胸好きっすよねって話っすよ」

「そりゃあまあ……男だしな」

男は胸が好きな生き物だからな。

お尻が好きというのもわかるが、お尻や別の部位が好きだからといって胸が嫌いだなんて因果関係はないのである。

だから、男は総じて胸が好きなのだ！

「っすね。まあ、自分はそういう男の露骨な視線が嫌いだったんすけど、ご主人には感じないから驚きなんすよね……」

「ああ、男嫌い設定か……」

「いや、設定じゃないんすけど……」

ええー……レンゲが男嫌いだなんて、それこそ最初の頃しか見てないぜ？

冒険者ギルドではなぜか、男冒険者がレンゲの１ｍ以内には近づいてこないのは見たけどさ。

避けるために足を踏みあったり、男同士で抱き着いてでも避けようとしているのは面白かった。

「全くもう……で、ご主人は何をしてたんすか？」

「あー……いや……星が綺麗だなって……」

とっさのことで嘘をついてしまったが、星が綺麗なのは事実だ。

見上げた先にあるのは満天の星で、夜も更け街の明かりも落ち着いてくるとキラキラと空に宝石が鎮座しているかのように輝いている。

「星っすか？　ご主人って星が好きなんすか？」

「そういうわけじゃないけどさ。凄（すご）い綺麗だろ？」

「そうっすか？　いつもと同じっすけど……」

いやいや、確かにこっちの世界じゃ特に代わり映えのない星空なのかもしれないが、元の世界の都心ではまず拝めないほどに星々が輝いているんだよ。

汚れた空気がないせいか、小さな星々も見えており天然のプラネタリウムのようなのだ。

勿論、ここは異世界なのでオリオン座なんかの有名な星座も見当たらないんだけどさ。

「んー……星なんて、方角がわからなくなった時に見上げるもんすからね……」

「流石冒険者。現実的だな……」

星を見て方角がわかるとか話には聞いたことがあるけれど本当にわかるもんなんだな。

「あ、でも、ちょっとだけ」

「ん？」

「ご主人と二人。こうして横になって見上げる星空ってのは、ロマンチックで悪くないっすね」

レンゲがよいしょと小さく言って、胸板を枕にするとニシシと笑う。

上に乗るようにしているので少し重みを感じるが、悪くない。

「そうだな……悪くないな」

暫しの間沈黙の中で空を見上げる。

流れ星もいくつかあったりと、ゆっくりとした時間が流れていった。

「……で、何か悩みっすか？　自分で良かったら、なんでも聞くっすよ？」

このまま寝るまで……と、思っていたのだがレンゲが口火を切って核心を突いてくる。

ニカッとした笑い方ではなく、柔らかい笑みを浮かべるレンゲ。

レンゲは笑顔が多く、周囲を安心させて明るい雰囲気にしてしまえる子だな。

悩んでる……ってばれてそうだなと、レンゲの笑顔に甘えるように、俺は思い切って直接聞いてみることにした。

「その……近々、出ていくんだよな」

「おお！　ソルテしっかり言えたんすね！」

「いや、言ったというか……聞いてしまったというか」

「なんすかそれ？　どういうことっすか？」

俺は事情を話し、実はあの時起きていた……とばらすと、レンゲは残念そうな瞳を俺に向ける。

だって仕方ないじゃない！　事故みたいなものだったんだよ……いや、寝たふりなんてした俺が悪いのかもしれないけどさ……。

「もうー……何してるんすかー……。まあ、後でまたソルテが言うと思うっすけど、その時はちゃんとしてくださいっすよ？」

ああ……自信はないけど頑張ってみよう。

だから人の乳首を指でドリルしないでください……。

とりあえず「な、なんだってー!?」って、言っちゃいけないことだけはわかってるから！

「まあでも、知ってるならいいっすかね。ちょっと出て行くっていうか、高難易度のクエストにでも行こうかなーと思ってるんすよ。あ、お土産は取ってくるか買ってくるっすよ」

「いやお前……ちょっとおつかいか旅行にでも行くような感じでさらっと言うなよ」

高難易度のクエストって、簡単に言うが、そんな軽いものじゃないだろう。

「ええー。だって、本当にそうなんすもん」

「あのな……高難易度って、どのくらい高難易度なんだよ」

「ええーっと……ここ十数年くらいクリアされてない、今じゃ受ける人もいないようなクエストっすかね？」

「超危険ってことじゃねえか……」

「まあ、そりゃそうっすね。あ、確か超高難易度クエストって呼ばれてたかもっす」

あっけらかんと言うレンゲは太ももに挟んで十分に温まった俺の手を外し、今度はもう片方の手を挟むのだが、それどころではない。

「はぁ……やっぱり相当危険じゃねえか」

「なーんすか？　心配なんすか？」

「……心配に決まってるだろ」

当たり前だ。この世界は、元の世界よりも死がずっと近い世界なのだ。

スキルがあって、武器も街に普通に置かれ、魔物がいて魔族もいて魔王もいるような世界なのだ。

だから……考えたくもないがどうしても頭に『もしも』がよぎってしまう。

「……ご主人に心配をかけるのは悪いと思うっすけどね……。でも、冒険をしに行くってだけなんすよ」

「冒険をする……？」

「そうっすよ。冒険っす！　強敵を倒す！　お宝を手に入れる！っていう、シンプルな冒険者らしい冒険っすよ！」

目を輝かせて、まるで英雄譚を聞く子供のように目を輝かせるレンゲ。

「小さい頃、師匠に鍛えてもらってる時から憧れてたんすよ。魔物を倒し、強敵を倒し、自由だけど強くなって人の役に立てる。そんな冒険者になるのが夢だったんすよ」

だが、すぐさま自嘲するように笑ってしまう。

「でも、大会で負けて、シロとの差も目の当たりにして、気づいたんすよ。嗚呼、いつの間にか冒険をしなくなっていたなって。いつの間にか現状に満足していて、夢が夢でなくなってしまってたんだなって……。でも……今、新しい夢が、願いが出来たんすよ。どうしても叶えたい望みがあるんすよ。そのために……もう一度冒険をしに行ってくるだけなんすよ」

なんてことはない。

冒険者である紅い戦線が、今以上に強くなるために冒険に行き、望みを叶えるというだけの話だとレンゲは語る。

「……その先に待っているお宝を手に入れて、一生そばに……ずっと一緒にいられるように、そのために、不器用な自分達にはけじめが必要なんすよ」

おそらく……これは俺に止められるものではないのだろう。

レンゲの瞳が、こればかりはどうにもならないのだと物語っていた。

「……お宝を手に入れるため、か……」

「そうっすよ。どうしても、そうしないと真の意味で手に入らないんす。是が非でも手に入れたいお宝なんすよね。アイナもソルテも自分もそのお宝に首ったけなんすもん」

レンゲの瞳は真っすぐ、渇望してやまない何かを見るような視線で俺をとらえる。

「……そいつは、随分と魅力的なお宝なんだな」

そのお宝が何なのかを聞くなんて、そんな野暮な真似はしない。

「んんー……他人から見たら、理解されるかは怪しいっすけどね。でも、どうしようもなく焦がれるんすよね」

「じゃあ、無理して手に入れなくてもいいんじゃないか？　もしかしたら、自然と転がり込んでくるかもしれないだろ？」

「いやいや、意外とライバルも多いんすよ。それに、自分達には何物にも代えられない、唯一無二の最高のお宝なんすよ」

そんなにライバルなんて多いとは思わないけどな……。

「……そのお宝も、お前達に手に入れてほしいんじゃないかな」

「どうっすかねえ？　すごーく近くまでは行けるんすけど、お宝は何もアクションをしてくれないんすよね？　嫌われてないといいんすけど」

そう言って、指で服を引っ張って胸の谷間をアピールし、ぎゅうっと太ももに挟んでいる手を締め付けるレンゲ。

「それはないだろうな。じゃあ、お宝から転がり込んできた方がいいのかな？」

「それは駄目っすね。自分達は冒険者っすから、やっぱり冒険の後にお宝を手に入れるのが王道っすからね。それに、覚悟は決まってるっすから」

でもまあ、とレンゲは柔らかく微笑みながら俺に向かって言う。

「これはこっちの我儘っすからね。お宝には手に入れに行くって伝わっちゃってるっすし、それでお宝が何かしても、自分達は止められないと思うっすけどね」

「そうだな……お宝も心配になって何かするかもな」

「まあ、仕方ないっすよね。それもお宝の魅力なんすもん。甘々で、心配性で優しくて……でも、全部含めて愛おしいんすよ。ソルテたんとか、案外乙女っすから、お宝が何かしたらツンケンしつつ、内心キュンキュンしちゃうかもっすね」

「ソルテはそうかもな……。でも、レンゲは？」

「そりゃあもう。今だって、ずっとドキドキしてるんすもん」

「そっか……」

ぐいっとレンゲの背中に手を当て、もっと体を押し付けるように抱きしめる。

するとレンゲが言うように少し速い鼓動が直接感じ取れる。

「……手に、入るといいな」

「絶対、手に入れてみせるっすよ」

レンゲが俺の体に手を回し、目を閉じて身を預けてくる。

こうなったら見守ろう。でも、何もしないわけにはいかない。

好きなようにしていいようだし、だって俺は甘々で心配性で、どうしても三人に手に入れてもらいたいのだから。


俺の仕事部屋。

朝食もしっかりと取り、朝風呂に入って目を覚まし、各人にお土産を持たせてレインリヒやリートさん、ヤーシスやダーウィン家などへ持って行ってもらう手はずは整えた。

作っておいたポーションはソルテが冒険者ギルドに用事があるそうなので持たせ、おそらく後顧に憂いはないはずだ。

朝、レンゲと共に目覚めると服を脱ぎ散らかした半裸のレンゲに抱き着かれており、その説明に苦労はしたが大丈夫。

その際に仕事をすると言ってあるので、おそらくは緊急の用件でもなければこの部屋を誰かが訪れることはないはずなので、たっぷり集中して作業が出来る。

パチンッと、頬を叩いて気合を入れる。

「さて……」

材料を取り出し、机の上に並べていく。

これから作るアクセサリーは妥協の許されない品。

アイナ、ソルテ、レンゲへと贈るお守りのようなものになるだろう。

三人のイメージに合うようなデザインはどうするか、頭を巡らせる。

材料は、隼人から受け取った高級品もあれば、王都で買った宝石類も少しだけあるから潤沢だ。

しかし、お守りか……神社で買う布製のお守りくらいしか見たことないんだよな……。

でも、俺が主に扱えるのは金属や鉱石なうえに、アクセサリーならばスキルもつくので現実的にも役に立つのだからこちらの方がいいだろう。

アクセサリー作りの肝は、丁寧な仕事とイメージ。

特に、オリジナルを作る際はどういった効果を付けたいかも考えながら作ると、より近い物が出来る気がする。

三人を守る……となれば、やはり大部分のイメージは盾だろう。

三人は誰も盾を持って戦わないので、これが盾の役目を持ってくれればと願いを込めた意味もある。

そうと決まれば、まずは盾のペンダントトップを作り始める。

材料は、最高級のオリハルコン鉱石。

持っている素材の中では一番硬く、錬金のレベルが高くなければまず扱えないほどの品。

まずは加工しやすくするために鉱石から原石に変えるべく、錬金スキルの基本である『分解』を行ってオリハルコンとただの石の二つに分ける。

いくつかの小さな塊となったオリハルコンに、今度は『再構築』をかけて一つにまとめる。

そして手形成（ハンディング）を発動させると、普段ならば粘土のように柔らかく感じる鉱石が、少し硬く感じる。

流石はオリハルコン。よくＲＰＧで見かける最高級の鉱石なだけはあり、これは成形の段階でも骨が折れそうだ。

加工に使う彫刻セットを取り出して刃こぼれ等が無いかを確認。

……そういえば彫刻刀の柄の部分の木は、アイナとソルテが討伐してきたエルダトレントだったな。

魔力の巡りが良いと聞いて、即決で買ってすぐに加工して彫刻刀の柄にしたのだが、これ以外使う気が起きないくらいに俺の思い通りに加工してくれる愛用品だ。

そんなことを思い出して一人で微笑み、はっとしてすぐに作業に戻る。

気を取り直してまずはオリハルコンをなるべく均一に薄くのばしていく。

同様にミスリルも薄くのばしてミルフィーユのように重ね合わせていき、十分な厚みが取れたらまとめて角ばった盾の形へと切り出し、これでベースが完成。

ミスリルを入れると、所詮は銀なので耐久力は下がる。

だが、ミスリルは『曇らずの銀』である。

銀には魔を払う効果があり、変幻自在の柔らかさと、黒ずみも曇りもない輝きが、高い効果を生んでくれることだろう。

……さて、ここからが重要だ。

いくら技術や錬金のレベルが高くなろうとも、想像力がなければデザインは出来上がらない。

いくつかの鉱石と宝石類を取り出して、思考を巡らせる。

誰にどの宝石がふさわしいか。どんなデザインで、どう加工をしていくか……。

ふと、一つの宝石が目に留まった。

それは、金剛石とも呼ばれる宝石。ダイヤモンドだ。

元の世界では天然で最も高い硬度の物質であると言われるほど、有名な宝石だ。

鉱石や宝石に込められた意味など、一般人である俺は詳しくないが、今回の俺が作りたい『護』に、最も近い印象を受ける宝石だろう。

ダイヤモンドのカット方法であるブリリアントカットは以前から練習済み。ただし、今まではクラウンの部分だけだったので、今回はパビリオンにも挑戦してみようと思う。

要は光の入射角と反射角を計算し、上方に向かうようにすればいいのだろう。

……口で言うのは簡単だが、バランスが絶妙すぎやしないか？

クラウン部分は、かろうじて覚えているように削ることが出来たが、下のパビリオンの部分が難しすぎる。

長すぎず、短すぎず少しずつ削っては確認し、輝きを見て微調整を繰り返していき、ようやく一つ目のダイヤが出来上がる。

集中しすぎたせいか目の奥に違和感があるようで、思い切り目を瞑っては眼球を指でマッサージしてほぐしていく。

紅（あか）い魔石を削って作った時よりもＩＮＴ（インテリジェンス）は上昇しているので昔よりは精密に出来ているとは思うが、本物のようにはさすがにいかないか……。

だが、それなりの出来にはなったと思う。

様々な角度から見ても、元のダイヤの原石と比べるまでもなく小さいながらも輝いているし、美しさは向上しているはずだ。

だが、安心するにはまだ早い。

調子に乗るのはこれを三つ作り上げてからだ。

その後、一つ目で慣れた……わけもなく、二つ目三つ目も悪戦苦闘を強いられながらもなんとか三つ、カットすることが出来た。

完成と同時に体を倒し、椅子に体を預けると天井を見上げて目をマッサージ。

魔法空間から水差しを取り出し、直接口を付けて呷（あお）る。

「ふぅー……」

まだまだ宝石のカットが済んだだけなのだが、達成感を抱くほどの難しい作業であった。

というか、手作業でやるもんじゃないだろこれ……。

本来ならばプログラミングされた機械でカットするのだろうが、当然だと思う。

目がまだ痛いのだが、作業はまだ残っているので再度気合を入れなおそう。

今度は盾のペンダントトップを手に取って、加工を開始する。

まずは宝石を埋め込むための穴をあけるべく小さく穴を彫っていく。

小さく小さく、クラウンの大きさをはみ出さないようにと慎重にだ。

ダイヤモンドを嵌めては外し、深さを調整するのだが、貫通はさせたくないので集中して行う。

切り出された何層にも重なったオリハルコンとミスリルから小さな屑が出るので、唾を飛ばさぬように口ではなく手で扇いで吹き飛ばし、ダイヤモンドを嵌めて外れぬように小さな留め金を付ける。

そして、今度は切出し刀に持ち替えて模様を彫り始める。

盾のデザインを強調すべく、縁を浮き出させるように彫っていく。

あまり彫りすぎてえぐれてしまわぬように薄く、だがはっきりとわかる程度のバランスが大切だ。

最後に、全体に若干の丸みを帯びさせて盾らしくなるように、ゆっくりと……焦らずに力加減を間違えないように作業を進めていく。

「…………よし」

盾の縁取りが完成し、これで今度こそベースの完成だ。

だが、ここからが本番である。

これまでも十分集中し、難しい作業ではあったが、本番はここからだ。

まずはソルテに贈るペンダント。

ゆえに、ソルテをイメージしたデザインを彫ることにするのだが……ソルテは翼だ。

狼なのに翼？　と、思うかもしれないが以前ソルテに渡した銀翼のブローチをいたく気に入っていたからな。

中央にあけた穴を中心とし、シンメトリーになるように翼を思い浮かべて立体的になるように彫り進めていく。

風のように速く、自由の象徴でもある翼を慎重に、ソルテの安全を願いながら作り上げる。

そして、彫刻刀を扱っていた手をぴたりと止め、首から下げるための下げ輪を取り付け、脱力するように息を吐いた。

………できた。おっと、銘を彫るのを忘れていたな。

あと、ソルテの名を彫っておこう。

『幻聖銀翼の守護ペンダント　防御力大上昇　魔防御大上昇　耐状態異常大　敏捷大上昇　非劣化　固有所持者【ソルテ】』

能力は六つ………六つ!?　今までで最大数だぞ凄くないか？

しかもほとんど効果が大だし……。非劣化って劣化しないってことだよな？

多分ダイヤモンドとミスリルが関係しているのだとは思うのだが……。

あと、最後の固有所持者ってなんだ……？

とりあえず鑑定してみるか。

【固有所持者　背後に最初に名前を刻んだ者が装備した場合のみ効果を発動する】

つまりはソルテの専用装備となったわけだ。

……これ同姓同名の場合なんかはどういう扱いなんだろう。

でも、俺はソルテを思い浮かべて作ったのだし、ソルテが使えれば問題はないか。

ということは実質五つの能力だ。

しかも効果はどれも大。

この出来には流石に時間をかけて作っただけの価値があるだろう。

「ん、んんー！！！」

伸びをして背筋を伸ばし、背中がぽきぽきとなる感覚を感じ、首を手を用いて傾けて解(ほぐ)す。

完成した物の出来には満足だ。

ならば、あとはこれと同等の物を二つ作るのみである。

水代わりに魔力回復ポーションを一気飲みして魔力と喉の渇きを回復させる。

今回は『贋作(マルチコピー)』も『既知の魔法陣(エクスペリエンスサークル)』も使うことが出来ない。

というか、使う気もない。

結果は変わらないかもしれないが、それぞれを想いながら手作りでと決めていたのだ。

それに、デザインはそれぞれのイメージを基にして作りたかったからな。

……そして、長い時間をかけてアイナとレンゲのアクセサリーを完成させると、達成感と疲労感がもうこれでもかと襲い来る。

ああー……肩も首もこってるな。

そういえばスキルに『腰痛いらず』や『頭痛いらず』もあったのだから『肩こりいらず』や『首こりいらず』なんてのもないもんかね。

とまあ、体に負担は大きかったものの良い物が出来たと言えるだけの物は完成したはずだ。

『幻聖銀焔の守護ペンダント　防御力大上昇　魔防御大上昇　耐状態異常大　力大上昇　非劣化

固有所持者【アイナ】』

『幻聖銀華の守護ペンダント　防御力大上昇　魔防御大上昇　耐状態異常大　体力大上昇　非劣化

固有所持者【レンゲ】』

アイナには、紅く猛々しい炎をイメージして刻み込んだ焔を象った盾のペンダントを。

レンゲには、明るく、快活な華をイメージして刻み込んだ華を象った盾のペンダントを。

それぞれに抱いた印象を自分なりに表現出来たと思う。

効果についても、しっかりと三人を護ってくれると信じている。

「よし……」

さて、どれくらいの時がたったのだろうか。

眠さからして、下手をすると朝になっているかもしれない。

若い頃はオールだなんだとはしゃげていたが、最近は少しきつくなってきたからな……。

腹も減ってはいるが、今日はもうベッドで寝てしまおう。

疲れを癒すのならちゃんとした寝床で寝るべきだ。

三つのアクセサリーを魔法空間へ仕舞い、片づけを終えてから錬金室を後にする。

地下にある錬金室から一階に上がり、二階のリビングに上がるとそこにはソファーの上でうつらうつらとしているウェンディと、ウェンディの膝の上に頭を乗せて眠ってしまっているシロがいた。

そんな二人の先にある大窓からは外が明るみ始めているのが見え、どうやら明け方まで作業をしてしまっていたらしい。

「あ……」

眠そうなウェンディが俺に気づいて安心した顔を見せ、立ち上がろうとするのだが、シロもいるのでそのままでいいとジェスチャーで伝える。

「ご主人様。お疲れ様でした……」

「うん。ありがとう。先に寝てても良かったのに……」

「いえ、ご主人様が頑張っていらっしゃるのに、私達が先に眠るわけにはいきませんから」

「気にしなくて良かったのに……眠そうな顔してるよ」

「んんー……主……」

「シロも頑張って起きていたのですが……」

俺はウェンディの隣に腰を下ろすと、シロの頭を優しく撫でる。

すると、シロは気持ち良さそうにして、寝ながら顔を綻ばさせる。

「シロから事情はお聞きしました」

「そっか、それで二人も頑張ってくれていたんだな」

ウェンディの肩を寄せると、頭をこつんと預けてきた。

「……あまりご無理はなさらないでくださいね……？」

「……わかってる。だから、無理をしない程度だよ」

ウェンディの頭を優しく撫でると、開ききっていなかった瞳が気持ち良さそうに閉じる。

無理はしない……とは言ったものの三人のためだ、無理もするさ。

今の生活が、俺にとっての普通で、それが幸せなのだから。

シロとソルテが喧嘩して、レンゲが囃し立てて、アイナが宥めてウェンディが微笑んで……。

そんな当たり前が、今の俺の幸せなのだ。

それを護るためなら、多少の無理くらい……って。

「……ウェンディ？」

「……すぅ……すぅ……」

「寝ちゃってますか」

まあ、流石に徹夜に近いしな。

今日はベッドで……とも思ったが、ここで寝るのもいいか。

仲睦まじく、肩を寄せ合って寝るってのも悪くない。

それからほんの少し時間が経過して、俺も目を閉じていると、キィッという扉が開く音がした。

その音に目を開き、次にリビングの扉が開けられる。

「……起こしちゃった？」

「……いや、寝そうになってただけだよ」

「そっか。ごめんね。今までお仕事……だったのよね？」

「まあ、そんなところかな」

こんな早朝だというのにソルテは着替え終えていて普段のクエストに行くような服だった。

「お疲れ様……。あの……ね。そんな状況で悪いんだけど、話があるの。……聞いてくれる？」

「ああ。いいよ」

決心の固まっている瞳だ。

これから何を言われるかはわかっているのだが、レンゲとの約束もあるので黙って聞こう。

「……クエストに行きたいの」

「クエスト？　それなら普段通り自由に行って構わないぞ？　なんでわざわざ俺に言うんだ？」

「あのね。その行きたいクエストはこの街のクエストじゃないの。少なくとも、一日二日じゃ戻ってこられない。遠征で行くようなクエストなの」

「遠征か……。じゃあ、他の街に行くんだな……」

「うん……。だから、私は主様の奴隷だから。どうしても主様の許可が必要なの」

しおらしいソルテ……なんだか普段と違って調子が狂うが、柄にもなく緊張しているのだろうか？

キーキーしていて、騒がしいソルテが俺の普通なのだが、今日のソルテはとても小さく、か弱い乙女のような印象を受ける。

「……他の街って、どこまで行くんだ？」

「アインズヘイルから北東にずっと行ったところにあるユートポーラっていう街よ。私達が行きたいところは、昔師匠に鍛えてもらっていた修練場のもっと先にある洞窟なの」

「洞窟って……ダンジョンでも攻略に行くのか？」

「ううん。ただの洞窟よ。ダンジョン化はしていないの。でも、随分と昔からあるものよ。『闇洞窟の主』っていう、高難易度の討伐クエスト」

「高難易度か……闇洞窟の主……強いんだろ？」

「多分……私達が冒険者になる前から残り続けているクエストだから、おそらく、未だかつてないほど強い相手のはず」

やはり、強敵と対峙するようだ。

できれば、本当に僅かな可能性かもしれなかったが、死ぬリスクは低いがクエストクリアが難しいもの――例えば、迷路のようになっていたり、暗号を解かねばならないが、その暗号が難しくたどり着くことが出来なかったりするものであってほしかった。

「……なんで、わざわざ放ってあるクエストにリスクを冒してまでソルテ達が行くんだ？　わざわざアインズヘイルから出向いてまで行く理由があるのか？」

「理由はあるわよ……でも、それは言えない。まだ言えない」

「……そっか」

「ごめん。我儘言ってごめんなさい。でも、お願い。どうしても行きたいの。どうしても乗り越えなきゃいけないの。乗り越えて……それで、どうしても主様に伝えたいことがあるの」

「俺に？　今じゃ駄目なのか？」

「……うん。今じゃ駄目。今じゃ駄目だから……お願い」

そんな切なそうな、切羽詰まった顔をするなよ……。

レンゲから事前に聞いて心構えが出来ていなければ、なりふり構わず抱きしめて、行くなよ、ここにいてくれよ、って言ってしまいそうになるだろう。

「……わかった。それで、いつ出るんだ？」

「ありがとう……。えっと、明後日（あさって）くらいかしら……」

「明後日な……勝手に行くなよ？　見送りはするからな」

朝起きて、三人がいないとかはやめてくれよ。

「うん……。あのね。ありがとう……」

「お礼を言われることじゃないだろ？　お前達のやりたいことを、伝えられただけだからな」

「でも、我儘を許してくれてありがとう」

「俺も我儘だからな。ソルテ達には、よく俺の我儘を聞いてもらってるだろ？」

「……ふふ。そうね。主様も我儘よね。でも……私はその我儘に助けてもらった」

「我儘に助けられたってのもおかしい話だけどな。俺がしたかったからしただけだよ」

助けたつもりなんかない。

俺が嫌だったから、俺のためにしただけだ。

本当に……ただの我儘なんだよ。

「うん……。あのね。帰ってきたら一番に聞いてほしいの。ずっと、ずっと抱いてた私の気持ち」

「ああ……。ちゃんと受け止めるよ。戻ってきたら最大級に労ってやる。お祝いに、なんでも一つ言うことを聞いてやるから、楽しみにしてな」

「本当？　なんでも？」

「ああ。なんでもだよ」

「……嬉しい。もっと頑張れそう。主様は、これから寝るのよね？」

「ああ。何なら一緒に寝るか？」

「うー……今日は我慢する……。これから準備することが沢山あるからね」

「そっか。それじゃ、おやすみ」

「うん。おやすみなさい。主様……」

リビングから出て行くソルテを見送り、天井を見上げて一息つく。

やっぱり高難易度の討伐クエストだよな……。

作っておいて良かったな……。

聞いた後では、こちらの準備もままならなくなっていそうだ。

「さて。シロ、起きてるよな？」

「ん……。なんでわかったの？」

「寝息が変わりすぎ。息をひそめようとして、静かにしすぎだぞ」

「むう……不覚。でも、ウェンディも起きてる」

「知ってる」

「ね、寝てますよー……」

いやいや寝ている人はそんな寝言言わないからな？

また随分と元の世界の古典的なボケを……。

「よし。じゃあ、二人共話は聞いていたんだろ？」

「申し訳ございません……気になって聞き耳を立ててしまいました……」

「ん。ばっちり聞いた」

「なら良し。話す手間が省けたな。それでなんだが……ユートポーラって、どこだかわかるか？」

「えっと、ユートポーラは温泉で有名な街ですね。確か……アインズヘイルから馬車で二週間ほどだったかと思います」

「ほーう。温泉か。いいね」

「温泉いい？　お風呂と変わらないと思う」

「そんなことはないぞシロ。温泉は温泉でいいものだ！」

開放的な露天風呂！　効能豊かな源泉！　そして、湯上がり美人の浴衣姿！……は、流石に異世界だし浴衣がないか……だが、それでも温泉は素晴らしい！

勿論。混浴はあるのだろう？　なかったとしても、家族風呂は入れるんだろうな！　はっはっは！

「ってことで、俺らも行こうかユートポーラ」

「ええ!?　ついていくんですか!?　お、怒られちゃいますよ?」

「怒られるくらいなら構わないさ」

「ん。主が行くならシロも行くー。ウェンディはお留守番でもいいよ?」

「い、行きますよ!　私だって、ご主人様が行かれるのならどこにだって行きますとも!　もう……ふふ。かしこまりました。ご主人様らしいですね」

「ん。主らしい。普通は待つ」

「俺は我儘だからな。一分一秒でもあいつらと一緒にいたいし、一分一秒でもあいつらに早く戻ってきてほしい。だから……」

甘々で心配性で我儘な俺は、好きにさせてもらうのだ。

ついていかせてもらいましょう。ユートポーラまで!


錬金室に籠ってポーション作りリターンズ。

起きたらお昼過ぎになっており、そこから行動開始と意気込んだものの、準備は基本的にウェンディ任せである。

なんか俺帰ってきてから錬金室にばかりいるなとふと思ったが、家をまた空けるのでその準備をしなくてはならないのだから仕方ない。

今回はダーマに家の管理を……と思ったのだが、やはり見返りが恐ろしいので諦め、また帰ってきたら掃除だな。

「ん。主。レインリヒのところ行ってきた」

錬金術師ギルドに行っていたシロが戻ってきたようだ。

あそこには報告しとかないと後が怖いからな……。

俺がこの椅子に座ってるとひょこっと足の間から顔を出すのがナチュラルになってきたな。

部屋に入って来たのも、俺の股下に入ったのも全く気づかなかったぞ。

「ありがとう。なんか言ってたか？」

「んんーいいご身分だね。私も温泉でゆっくりしたいってのに。ポーションの仕事はしていきな。だって」

「あー……了解。大方予想通りだな」

「リートも、羨ましいです……。お休みが欲しいです……。って、言ってた」

「そっちも了解。転移スキルも覚えたし、あっちでポイントをメモしたら二人共連れて行ってやろう」

リートさんとレインリヒにはこれでご機嫌を取るとしよう。

……二人纏めてだとリートさんは休まらないかもしれないが……まあ、いっか。

「主。次は？」

「そうだな……次は――」

次は何をしようかと考えていると、高速で扉がノックされる。

コココココッ！　と、キツツキが木をつつくような音が扉からした時点で誰だかすぐにわかるので、返事をしようとしたのだが……。

「ご主人ー！　買い出し終わったっすよー！」

「レ、レンゲさん？　ノックは返事を待たないと意味がないですよ!?」

「あ、そっすね！　次は気を付けるっす！　あ、お昼ご飯も買ってきたっすよ！」

よいしょっと、俺のそばに買ってきた食材やらなんやらを置いてくれたので、それらを全て魔法空間へ収納。

「おっ昼！　ごはーん！　牛串サンド？」

「そっすよー！　ご主人とシロお勧めのお店で買ってきたっすよ！」

「んんー！　ナイスレンゲ！」

シロは本当にあのセットがお気に入りなんだな。

レンゲから受け取った袋を頭の上に掲げてクルクルと回ってオリジナルの牛串サンドソングを歌いながら喜んでいるのが、子供っぽくて可愛（かわい）らしく大変よろしい。

「飯にするか。面倒だしこの部屋で食べようか」

牛串サンドなら行儀は悪いが食べながらでも作業できるしな。

ポーションを束にしてまとめたり箱詰めをしたりしながら、ウェンディが楽しそうに差し出す牛串サンドにかぶりつく。

「おお……アインズヘイルに居ついて長いっすけど、シロパンに牛串挟むとこんなに美味（うま）いんすね。

焼いた牛肉の脂と香辛料がちょうどいい塩梅っす！」

「ん。今日も美味しい。いつも美味しい」

モグモグと牛串サンドを食べるシロは俺の膝の上で満面の笑みを浮かべ、小さなお口を大きく開けてあっという間に五つ目を食べ終えていた。

「しかし、なんかしらするんだろうなー……とは思ってたっすけど、まさかご主人がユートポーラまでついていく。なんて、言うとは思わなかったっすよ！」

レンゲ達から細かい予定を聞くためにも、レンゲには話しておいたのだ。

レンゲは一瞬呆れたようだが、途端に噴き出して『ご主人らしいっすね！』と、笑ってくれた。

「まあ、こうなってるご主人は止められないっすからね。それにご主人との旅は楽しいっすし、なによりも出発の朝にご主人も来ることを知ったソルテとアイナの顔が楽しみっす！」

流石レンゲ。切り替えが早くて助かるな。

だからこそ、先んじて話す相手にレンゲを選んだってのもあるんだけどな。

「あ、そだ。これ食べ終えたら一回あっちに合流してくるっすね」

「ああ。じゃあ、ついでにポーションの納品を頼んでいいか？」

「今縛ってる奴っすね。じゃあ、それが終わったらにするっすね！」

「助かる。……レンゲの準備は大丈夫なのか？」

「自分の担当は食事と馬車の手配っすから。どっちもご主人がやってくれたんすよね？」

「ああ。馬車も手配してあるし、三人の分も含めて食事はこっちで準備するから、安心してくれ」

「助かるっすよー。魔法の袋はないっすし、馬車にも限界があるっすからね。荷物が減るのは嬉しい限りっす」

「レンゲ個人の準備は出来ているのか？」

「自分は小物が数点だけっすからね。それよりもご主人が何をするのかわかっておいた方が良さそうっすし。……まだ何か隠してることはないっすか？」

「んんー？」

そりゃああるに決まっているだろう？

レンゲも感づいているようだが、ジーッと見つめられてもプレゼントのことはまだ秘密だ。

「むう……わからないのは怖いっすね……。ウェンディとシロは何か聞いてないんすか？」

「私もこれ以上は何も……ご主人様。何をなさるのですか？」

「シロも知らない」

「秘密。まあ、大したことじゃないよ」

「うーん……まあ何しても止められないとは言ったっすけど、ご主人が洞窟に来るのだけは絶対に駄目っすよ？　それは流石に全力で止めるっすからね？」

「ん。それはシロも止める」

「わかってるって。俺だって、やっていい範疇は見極めてるさ」

俺が行けば邪魔にしかならない。

それは……三人に迷惑をかけてしまう上に、三人の覚悟をないがしろにしてしまうからな。

たとえないがしろにしてしまっても、三人が安全に戻ってこられるなら考えなくもないが……今の俺じゃあ文字通り、足手まといにしかならないだろう。

……ここにきて、戦闘スキルを取らなかったことを悔やむことになるとは思わなかったが、後悔先に立たずだな。

「ならいいっすよ！　それ以外なら、なんだって大丈夫っすし！　ご主人のサプライズを楽しみに待ってるとするっす！」

「おう。楽しみにしておいてくれ。さあ、ポーションを纏めるの手伝ってくれ。この後は数日分の料理作りも待ってるからな……。ソルテとアイナが出かけているうちに、内緒で進めないといけないことは進めておこう」

「了解っす！」「ん」「はい！」

準備は万端で行かないとな。

んんー……ただ、何かやらないといけないことを忘れているような……。

まあ、思い出せないってことは大したことじゃないのだろう。

もう少し考えていれば出てくるのかもしれないが、今はそれどころじゃないのである。


そして、出発の日の朝。

出発するには良い日だと言わんばかりの天候にも恵まれた雲一つない快晴の空の下、馬車も到着して荷物も乗せきった後のこと。

「温泉に行くぞー！」

「「おおー」」

「声が小さいー！　ユートポーラに行くぞー」

「「おおー！」」

俺のノリに合わせてくれたのはウェンディとシロ。

アイナとソルテはぽかーんと口を開けて目を丸くし、レンゲはその横で笑いを堪えるように顔を伏せ口に手を当てている。

「ほら、どうしたソルテ。温泉に行くぞー！」

「え、あ、お、おおー？」

「アイナもほら！　ユートポーラに行くぞー！」

「う、うむ。ユートポーラには行くのだが……」

どうやら二人はまだ事態を呑み込めていないようだ。

仕方ない。事態を呑み込めている子にネタばらしをしてもらうとするか。

「レンゲ、温泉街ユートポーラに行くぞー！」

「おおーっす！」

うんうん。流石はレンゲだ。臨機応変で大変よろしい。

「ちょ、ちょっとレンゲ!?　どういうこと!?」

「どうもこうも、ご主人も一緒にユートポーラに行くみたいっすよ？」

「……レンゲ。お前、知っていたな」

「あっ！　昨日少し抜けてたのって……」

「ばれたっす！」

レンゲが小さく舌を出して茶目っ気たっぷりに可愛らしく答えるが、俺にならともかく二人には
そんなものが通用するわけもない。

「やっぱりか……どうりで今朝レンゲの荷物が少ないと思ったのだ」

「あっはっはっは。まあ、ちゃんと準備はしてるっすから。ご主人がっすけど」

「な、何で私達に言わないのよ！」

「いやあー。空気を読んだ結果っすよ。二人のポカーンとした顔、超面白かったっす！」

レンゲの言う通り、二人共口を開けてぽかーんとしていたのが、予想通り過ぎて面白かったな。

まあ今は、プルプルと怒りに震えているようだが……。

「……レンゲ。後で覚えてなさい」

「ええっ!?　なんでっすかー!?　いいじゃないっすかー！　ご主人とユートポーラまで一緒に行けるんすよ？　絶対楽しいっすよ！」

「あんたねえ……楽しいかどうかじゃないでしょう。主様と一緒でどうするのよ……」

「……はあ。仕方ない。主君とまた旅が出来るというのは確かに楽しそうだ」

「アイナまで!?　ちょ、ちょっとぉ」

「ソルテ。考えてもみろ。主君がこうまで入念に準備を進めていたのだ。先に知っていようがいま

いが、この結果にたどり着いていただろう」

「それは……そうかもだけど」

はっはっは。そうだな。

先に言ってても言わなくても結果は変わらなかったと思うぞ。

アイナ、よくわかっているじゃないか。

「まあ、なんだ。これは俺の我儘だからな。本当に嫌なら別々に行くが……どうする？」

「どうするもなにも、馬車は一台しかないのだろう？」

「その通り！」

「じゃあもう一緒に行くしかないじゃない……。別々に行ってもユートポーラには来るんでしょ？」

「その通り！」

ソルテが肩を落とし、ため息交じりで呟く。

「はぁ……せっかく、せっかく覚悟を決めてたのに……今日でしばらく会えないんだって、寂しいけど、頑張ろうってちゃんと決意してたのに……」

そんなソルテを励ますべく、こんな言葉をプレゼントしよう。

「ソルテソルテ」

「……なによ」

「どんまい！」

「があー！」

ソルテが肩に乗せた手に、大きく口を開いて近づけてくる。

どんまいの意味はわからないと思うが、イラッとしたのだろう。

これはまさか久々のあれか!? よし来い！ それくらいは甘んじて受け止めよう！

かぷっ！

「痛っ……くない？」

甘噛(あまが)みだった。

はむはむと、痛くはないのだがジト目のまま甘噛みされている。

「うう——……」

「……悪かった。でもさ、ユートポーラにいたら、終わった後すぐに会えるだろ？ 洞窟までは行かないから。だから、な？」

「……わかった」

手から口を離し、付いてしまった唾液をふき取りながら渋々返事をするソルテ。

「……でも、私達が討伐クエストに行っている間は、温泉街を楽しむんでしょ？」

「そりゃあ……せっかくだし？」

「それはそれでむかつくわね……」

「なら早く帰って来いよ。帰ってきたら、三人も一緒にゆっくり温泉街を楽しめるしな。一番良いとこ泊まって、疲れが取れるまでまったりしようぜ」

三人が帰ってきたら、一番良い旅館に泊まって労おう。

ゆっくりと皆で温泉につかり、傷も疲れも何もかも癒されようじゃないか。

「色々ありそうだが、楽しい旅になりそうじゃないか」

「そうっすよー。楽しいが一番っす！　暗い顔しながら行くよりよっぽどいいっすよ！」

アイナとレンゲに同意である。

「お」

せっかくの六人旅なんだ。

「に」

道中の魔物という脅威はあれど、本来の旅は行きと帰りの道中も楽しむものだからな。

「い」

せっかくだし、楽しんで行こ――

「ちゃあああああああああん！」

「にぐっふっ……っ！」

……と、息が詰まるような衝撃が俺の大事な大事な股間に走る。

あ、これあかんやつや。玉がつぶれ……いや、だ、大丈夫だ。

ジンジンするってことはまだあるってことだ多分！

「なんだいなんだい帰って来たなら教えてくれよ！　ああ、寂しかった！　くんくん……すぅーはぁー……ああ、お兄ちゃんの香りだ！　濃ゆい若い性なる香りだ！」

身長差があるからか、人の股間にタックルを決めそのまま顔を埋めて遠慮なく匂いを嗅ぐオリゴール。

　グリグリするな。頬ずりするな。当たるたびに響くんだよ！

「すぅぅぅぅぅぅはぁぁぁぁ……ああ、芳（かぐわ）しい香りがボクの肺を満たしていくようだ。あ、興奮してきた。どうだいお兄ちゃん。帰ってきたついでにそこらの連れ込み宿でボクとしっぽりずっぽりしようじゃないか！」

「変態がっ！」

「その通りだ！　生を謳歌（おうか）すると決めたボクは性も謳歌すると決めたんだ！　だからお兄ちゃんとエッチなことがしたい！」

　良い顔でどうどうと言い切るなよ。

　ここ、門の前だからな？　人の往来がどれだけ激しいと思っているんだよ……。

　ただ、オリゴールの発言でぎょっとしたのは数人で、何故（なぜ）か多くの人達はまた領主様か……と、生暖かい視線を向けているに過ぎなかった。

　……お前、領民からも変態として見られているんだな。

「で？　で？　今帰ってきたのかい？」

「いや？　数日前には帰ってきてたぞ」

「そうなのかい？　ならなんでボクに言わないのさ！」

「いや、別に王都から帰ってきたからって領主に報告する義務はないだろう」

　別に上司ってわけでもないのだし、領民だっていちいち報告しになど来ないのが普通だろう。

「領主に報告する義務はなくても、妹であるボクには言うのが普通だろう！」

「いやお前妹じゃないし……。友人……知人？　いや、領主と領民か……」

「段々グレードが下がっていく！　酷いや！　お兄ちゃんのばか！　もう知らない！　でも好き！」

「あーはいはい。悪かったよ」

相変わらず朝からテンション高いなあ……。

「ん？　あれ？　でも数日前に帰ってきたというのなら、どうして馬車があるんだい？」

「そりゃあこれから出かけるからな」

「…………？」

いや、首を傾げられてもな。

何を言っているんだこいつはって顔をされても、変なことは一切言っていないんだが。

「これから、ユートポーラに行ってくるんだよ」

「え……ええ!?　帰ってきたと思ったらまた出かけるのかい!?　ボクと遊んでくれないのかい!?　やだやだそんなのやだー！」

「駄々っ子か……」

「そうだよ駄々っ子だよ！　どうせあれだろ？　ウェンディちゃんやアイナちゃんと温泉でしっぽりして浮く巨乳を眺めるんだろ！　それを肴にお酒を飲んで、クラクラしてきたとか言ってウェンディちゃんの巨乳に顔を埋める気だろう！　指がずむずむと沈むのを楽しむ気だな！」

「クラクラしなくても埋めるし指をずむずむもするが？」

「畜生！　やってくれるじゃないか！　もう怒ったぞ！　ボクも行く！　お兄ちゃんと温泉でしっぽりずっぽりする！」

「あー……無理だな」

「なんでだよ！　ちっぱいは埋めることも、ずむずむもできないからか!?　おいおい沈む厚さが足りないぜってことか！　ちくしょー！」

俺が指を指すと同時に、オリゴールの肩が二本の腕によって摑(つか)まれる。

それと同時に、オリゴールがはっ……と、悲しみの表情を浮かべて固まった。

そしてゆっくりと首を回すと、笑顔が怖い老執事のソーマさんとウォーカスさんがいらっしゃるわけだ。

「……温泉ですか？　良いですな。私も休みがもらえたら行きたいものです」

「ははっ。私もですよ。普段迷惑をかけている妻と、たまにはゆっくりしたいものですな」

「……さ、三人で、二人の家族も交えて行くかい？」

「「仕事がありますので」」

「い、嫌だ！　嫌だ嫌だ！　判子を一日中ポンポンするのはもう嫌だ！　昨日も一昨日(おととい)もその前もずっとだぞ！　せめてお兄ちゃんとイチャラブくらいはさせてくれよ！　一刻もあれば済ませられるから！」

「オリゴール……」

「お、お兄ちゃん助け……」

「お土産。楽しみにしてろよ」

「うわああああん！　畜生覚えてろ！　次は絶対お兄ちゃんとずっぽりしてやるからな！　勘弁なんてせずに何回も何回もボクの下で中にアアーッ！」

「さあ、行きますぞ」

指で俺を指したかったようだが、両腕を押さえられているので恰好もつかず引きずられるように去っていくオリゴール。

……無事を祈ろう。

せめて、あいつが気に入りそうなお土産くらいは選んできてやろう。

……なければ、あいつの欲求が少しは紛れそうなものでも作ってやろう。

「ふむ……オリゴールには帰還報告はなくても構わないと思いますが、仕事仲間である私にはあっても良いのでは？」

「……あ」

しまったたぁぁぁぁああああ……。

この声……ヤーシス！

そうだそうだよ。忘れていた。何か忘れていると思ったらヤーシスだ。

ポーションは作ったが、バイブレータ……作ってない！

「どうやら忘れていたようですね……寂しいものです」

「あ、や、その……忘れていたというか、考えることが多くて思い出すことが出来なかったというか……すみませんでしたっ！　とりあえず、これを!!」

ぱぱっと『贋作（マルチコピー）』スキルを使って今ある材料で作れるだけの最大数を作る。

「帰ってきたら真っ先に大量に作りますので一先ず（ひとまず）これで許してください！」

やばいやばいやばいって！

ヤーシスとは冒険者ギルドのポーション販売とは違って明確な契約を結んでいる。

つまりこれは契約違反？

ヤーシスに対して契約違反など、どんな罰が待っているか怖すぎる！

「ええ。いいですよ」

「……え？」

「何を驚かれているのですか？　いいですよ。と、言ったのですが」

そう言って大量のバイブレータを魔法の袋へと一つずつ移していき、数を数え終えるとその分の料金を払ってくれる。

「い、いいのか？　契約違反だ！　とか言って、もっと条件の悪い仕事を押し付けたりとか、俺を奴隷にして荒稼ぎとか……」

「そのようなことは致しませんよ。王都に行く際に休みをと言われ、それが続いているだけで契約違反ではありませんから」

「あ、そ、そうなの？　なら良かっ――」

「とはいえ、お休みを連発されますと流石に私も困りますので……貸し一つ、ということでよろしいでしょうか？」

ヤーシスに……借りを作る？

そりゃあヤーシスには今までもいくつか借りは作ってもらったが、それは明確なものではない。

だから、そんな怖いこと出来るか！　と、言ってしまいたいのだが……今は急いでいるので呑まざるを得ない。

「わ、わかった……」

「はい！　それでは何をしてもらいましょう。楽しみです」

「おおう……あまり無理な注文はしてくれるなよ？」

「勿論ですよ。無理のない範囲ギリギリを攻めさせていただきますね」

こいつがそう言うってことは、間違いなくギリギリのところを攻められそうだ。

嫌だけど、断れない！　みたいな困る要求を絶対にしてくるだろう。

「それでは。皆さま良き旅を。道中、その後のご無事を祈っております」

「お、おう……それじゃあ、行ってくる！」

ううう、せっかく気持ちいい旅路の始まりだったはずなのに、ヤーシスに何を要求されるのだろうという不安で全く気持ちが良くない！

次からは絶対に忘れないようにしよう……特に、ヤーシスとレインリヒだけは絶対にだ！

ゴットゴトゴットゴト。

舗装されていない道を進む馬車は小さな振動を何度も繰り返し、尻へ深刻なダメージを負わせてくる。

だが、王都への馬車移動で学んだ俺はクッションを用意しておいたのだ。

「……はあ」

「なんだよため息なんかついて」

御者台に座り、手綱を持って馬車を操縦するソルテの横に俺はいる。

「まだ腑に落ちないのよ。そう簡単に納得できるわけないでしょう」

「そう言うなよ。もうここまで来ちまったんだしさ」

「そうなんだけどさ……。主様。絶対、絶対に洞窟までは来ちゃ駄目だからね？　こういうサプライズは、これで最後にしてよ？」

「それはわかってるよ。洞窟までは行かない……。でも、サプライズはまだする」

「……何する気なのよ」

「それは内緒。レンゲにも内緒にしてるしな」

「言いなさいよー……きゃあ」

「おっと」

ソルテが俺の方に視線を向けていると、小さく盛り上がったところを車輪が通り少し揺れ、支えるために肩に手を回す。

「あ、ありがとう……」

そのまま体を寄せるソルテに、俺はそうしていろと言わんばかりに手を離さずにいた。

「……絶対帰ってくるから」

「おう。ちゃんと待ってるよ」

「うん……」

そう言ってソルテは頭を寄せて、俺の肩へと預けてくる。

「……この先、暫(しばら)くは平坦(へいたん)だから少しこのままでもいい？」

「ああ。でも寝ないでくれよ？　俺馬車なんて操縦できないからな？」

「それはわかってるから寝ないわよ」

そうは言いつつも、瞳を閉じてしまうソルテ。

まあ、大きく方向が逸(そ)れることはないので、このままにしておいてやろう。

「……ずるいな」

「ずるいっすよね」

「まあまあ……後で皆で交代しましょう」

「ん。前方から敵。五匹」

馬車の梁(はり)に座るシロが敵を見つけたらしく、報告が入る。

ソルテはシロの言葉に目を開いて馬車を止め、まずシロが飛び出した。

続いて、レンゲとアイナは後方と周囲の警戒に飛び出すが、ソルテは動かない。

いざという時、馬車を動かすためらしい。

「暴れられないのはつまらないけど、役得よね」

そう言って一度離した頭を、再度肩に乗せるソルテ。

「甘えたがりな日なのか？」

「そうね。そうなのかも。でも、たまにはいいでしょ？」

「そうだな。新鮮で、普段からそれくらい素直なら可愛いのにって思うよ」

「あら、普段の私は可愛くないかしら？」

「……いや。そうでもないな。十分可愛いよ」

「そ、そう……ありがと……」

「あのー……私は荷台にいますからね？　気づいてますか？」

ウェンディの声はソルテにも聞こえているだろう。

だがソルテは気づいていながらも、床についた俺の手の上に、自分の手を重ねるのだった。


「ああ……野営なのにご飯が美味しいっす……」

「そうだな。主君とウェンディの料理を外でも食べられるとは、贅沢(ぜいたく)な旅だ」

「はっはっは。誉(ほ)めてもデザートくらいしか出せないぞ」

普通ならば地べたに座り、保存のきくものを食べるのが旅らしいのだろうが、俺の持つ空間魔法の魔法空間は時間の経過が関係ない。

　つまり、街で作った料理を入れておけば温かい作り立ての料理がどこでもいつでも食べられるのだ。

　そして不可視の牢獄（インビジブルジェイル）の上にランチョンマットを置いてテーブルに、椅子にした不可視の牢獄（インビジブルジェイル）にはハンケチを敷く紳士っぷりである。

　さながらピクニックのようであるが、食事は楽しくなければならないという譲れないものがあるのだ。

「ご主人様のお料理はどれも珍しく、美味しくて幸せです。……でも、美味しすぎてちょっと怖いですよね」

「そうね……ついつい食べすぎちゃうものね……」

「怖いって体重か？」

「ああー！　言っちゃ駄目っすよ！　デリケートな問題なんすからね！」

　そういうことをレンゲでも気にするんだな。

　ちょっと意外……ってのは、流石に酷いか。

「大丈夫だろ？　皆見た目は変わっていないし、男ってのは少しふっくらしているくらいが好みだって言うしな」

「主も？」

「そうだな……。痩せすぎや太りすぎはともかく、その人に合う体形が一番だと思うぞ。それに、作った物を美味しそうに食べてくれるのが、一番嬉しいよ」

皆美味そうに食べてくれるからな。

今まで一人暮らしで料理なんて面倒ではあったが、皆が美味しそうに食べてくれるのなら作り甲斐があるもんだ。

「……ウェンディ、良かったね」

「何がですか!?」

「シロは知っている。ウェンディの体重が……」

「そうですね。胸がまた少し大きくなりましたので」

「「「！！？」」」

「……」

シロとソルテとレンゲが、驚きのあまり固まっているが……俺はまあ……知ってたんだけどさ。

「えっと、少しだけですよ？」

「少しでもいいじゃないっすか！　自分に！　自分に分けるということは出来ないんすか!?」

「で、出来ませんよ！」

「もうちょっと……あと少しでいいんす！　そうしたら自分のぱいがおっぱいになって仲間入り出来るんすよ！」

まだ一人だったのを気にしていたのか。

レンゲには自慢の唯一無二にして素晴らしい太ももがあるだろうに。

それに、ぱいにはぱいの魅力があるのだと何故わからないのだろう。

「それならシロに……あ、ソルテにあげて……」

「ちょっと!? 何で私を可哀想な目で見てるのよ！」

「だって、シロはまだ育つ。でも……」

「育つわよ！ ウェンディだって育ったんだから、私だって育つわよ！」

「まあまあ二人とも。少し落ち着こう。ほら、主君が作ってくれたこのお菓子、パイ生地にシロップ漬けにされたリンプルが入っていて美味しいぞ？」

それはアップルパイ、もといリンプルパイだ。

アップルのようなリンプルをシロップに漬け、カスタードの甘さとシナモンの香り、熱が入って増したリンプルの甘さが絶妙な自信作である。

パイ生地のサクサクとした食感や、卵黄を塗ったテカリもいい仕事をしているだろう。

「皆が食べないのなら私とウェンディで平らげてしまうぞ？」

「そうですね。とても美味しいですし、なにより温かい焼き菓子のデザートは珍しいですしね」

アップルパイは好きなお菓子の中でも上位だし、リンプルを使うと後味がすっきりしながらも甘みがより強く出るから正直な話、元の世界の物よりもずっと美味い。

それに、温かいうちに食べるのが最も美味しい味わい方だと思うから、どんどん食べてくれ。

「……ねえアイナ。貴方(あなた)、最近下着がきつくなったって言ってなかった？ そんなに食べて大丈夫なの？」

「ん？　ああ、そうだな。鍛錬はしているので大丈夫だろうと油断したかと思ったのだが……その……私も少し大きくなっていたようだ」

「……なんで？　お菓子を食べたら大きくなるの？　なるなら私も食べるわよ？　食べてやるわよ！　お腹いっぱいになるまで食べるわよ！　うわーん！」

「神様！　豊穣と慈愛の女神レイディアナ様！　どうして持つ者にさらなる祝福を与えるんすか！　持たざる者に恵みをくれてもいいじゃないっすか！」

「レンゲ……シロ達の主神はきっと戦闘神アトロス。貧乳……ちっぱいで有名なアトロスに違いない」

「ちょっと待つっす！　自分はちっぱいではないっす！」

へえ、女神ってレイディアナ様一人じゃないのか。

しかし女神様をちっぱい呼ばわりって大丈夫なのか？……しかも有名なのかよ。

「そう……そうね。きっと私達にはちっぱいのアトロス様の加護があるのよ……。いいわよ。戦闘神だもの……。戦闘で役立つならちっぱいでいいわよ……」

「ソルテ！　諦めちゃ駄目っすよ！」

「いいじゃない。私達冒険者だもの……。戦闘神が主神なんて素敵よね……」

ソルテが自分のちっぱいをぺたぺた触りながら、感情の籠っていない言葉を放ち続ける。

何故だか見ていて俺にまで悲しみが伝わってきてしまう。

「あー……その、なんだ……ちっぱいだって、悪いもんじゃないぞ？　それも個性だと思う。皆違って、皆良い」

「ありがとう……でも主様、大きい方が好きなのよね？」

「そりゃ好……どーだろーなー？」

「フォローするならちゃんとしてほしいっす！」

いやついな……大は小を兼ねるというし、別にそこまで俺の中で大きな差があるわけではない。

だが、どちらか一つ必ず選べと言われたら俺は大きなおっぱいを選んでしまうだろう。

「シロはまだ成長期……きっと希望はある……」

「いいなあ……私の成長期、もう終わってるのよね……」

「……ソルテ。頑張る」

「うん。頑張るね……ありがと」

何を頑張れば胸は大きくなるのだろう……。

だが……普段喧嘩ばかりの二人にも友情が芽生えているようなので頑張れっ！

Ｂｒｒｒｒ――

「ん？　なんだ？　もしもし？」

『おお、出たか。久しいな』

突然ギルドカードが出てきたかと思えば震えだし、アイリスの名前が点滅していたので触れると、

アイリスの声が聞こえてきた。

「アイリス？　そんな久しぶりでもないだろ……どうしたんだ？」

王都から戻ったとはいえ、そこまで久しぶりというほどではないはずだ。

……まさか、もうアイスが恋しくなったのだろうか。

とりあえず電話で話をするように皆から少しだけ距離を離す。

『いやなに、お主にお願いがあってな。声のでかくなるアクセサリーがあったであろう？　あれを幾つか発注したくてな』

「ああ、あれか。構わないけど、今ちょっと出てるんだよな……」

オークションで出した拡声効果のあるマイクのようなあれだな。

大会でも使われていて、あれを俺が作ったとは伝えておいたのでそこからの発注か。

『ふむ？　アインズヘイルにおらぬのか？』

「ああ。ユートポーラに向かうところなんだ」

『温泉街か……いいのう。では難しいか……。近々アインズヘイルに行くので、その際に受け取ろうかと思ったのだが……』

そういえば来るって言ってたもんな……。

「んんー……出かけてても作れなくはないけどな。『贋作（マルチコピー）』で作った物が交ざってもいいんだろう？」

『おお、そうか。それは構わぬ。ただ、オリジナルもいくつか欲しいの。出来れば効果（大）が付くものが数点と、それ以外は（中）でも構わぬぞ』

「了解。それなら、すぐにでも作れるよ。材料は……まあ足りるだろう」

バイブレータと違って魔力誘導板も振動球体も使わないしな。

買い足すのを忘れていなければ、ヤーシスに借りを作らなくて済んだのに……次からは大量に買い付けておこう。

『そうか。であれば、わらわは折を見てアインズヘイルでお主の帰りを待つとするか』

「あ、だったら俺の家使うか？」

『む？　良いのか？』

「ああ。誰かが使ってくれた方が家も傷まないし、掃除や管理をしておいてくれると助かる」

『ふむ……管理してよいのだな？』

「ん？　ああ。いいぞ？」

なんで聞き返したんだろうか？

別段漁（あさ）られて困る物もないし、やましいことも物もない……よな？

アイリスならば家を壊して使い物にならなくする……なんてこともないはずだ。

『うむ。ではお主の家にお邪魔するとしよう。家のことは任せておけ』

「お、おう。よろしく頼む」

『よろしく頼まれた！』

何故だかご機嫌のアイリスとの話が終わり皆のところへ戻ると……ソルテが両手にリンプルパイを持って同時に頬張っていた。

……それを食べても大きくなるわけではないと思うが、おかわりはたくさんあるので好きなだけ食べていいからな……。


さて、馬車での移動ということもあり当然付きまとうのは魔物問題だ。

アインズヘイルの周辺では虫が多く、王都の周辺は蜥蜴が多かった。

じゃあユートポーラに向かう道中には何がいるのかというと……。

「レンゲ！　そっち行ったわよ！」

「わかってるっすよ。魔石を潰すっす！」

ジュルジュルと軟体の体を揺らし、半透明の体の中に魔石を有している魔物。

ファンタジーのド定番であり、雑魚敵として一般的な魔物スライムだ。

いくら切っても再生し、軟体の体で相手を包み込み溶かしてしまうらしい。

この世界では雑魚……ではなく、慌てずに対処すれば問題はないそうだが、突然襲われてパニックになると不味いようなので、俺は見学である。

STRがないと取り込まれたら身動きが取れず、体内に入ったスライムが気管を埋めてしまって呼吸が出来なくなり、ブラックアウトしたところをゆっくりと消化するとのこと。

ただ、ベテランの冒険者からしたら取るに足りない相手みたいだ。

だがこれがパラライズスライムだとか、ポイズンスライムだとかだと、状態異常も加わって取り込まれるとより危険だそうだ。

あと、ポイズンヒューマスライムなんて、ヒト型のスライムもいるらしく、裸体で美しい顔つきで手招きに似たようなことをしてくるとのこと。

「主君……危険な場所に裸の女性など普通いないからな。ついていってはいけないぞ」

「いや……それくらいはわかってるよ?」

え、俺裸の女性に手招きされたらついていくと思われてる?

周囲にこれだけ美人がいるというのに、裸で綺麗だからって手招きくらいで飛びつくわけがないだろう。

しかもポイズンヒューマスライムは緑色だそうだ。

……流石に魔物だって気づくって!

「主様。取って来たわよ」

「おーありがとう。これかー」

ソルテが持ってきたのは、スライムの被膜というドロップアイテムだ。

引っ張ると薄くなりながらもよく伸び、そして手を離せばよく縮む。

被膜なのでぷにぷにとはしているが、ベタつきはなくさらっとした感触だ。

火と刃物には弱いが、水を貯められるので砂漠などでは重宝されているらしい。

まるでゴムのようなこのスライムの被膜を見て、かなり使える気がして沢山取ってほしいとお願いした結果、馬の休憩もかねて足を止め、取ってきてくれているのである。

「主、取ってきた」

「シロもありがとう。って、おい！　大丈夫なのか!?」

全身スライムでドロドロのヌッルヌルだぞ！

まさか捕食されたのか!?　え、でもシロがか!?

「全く問題ない。スライムは中に入った方が魔石の動きが鈍くなるから、こっちの方が早い」

そう言うと大量のスライムの被膜を持ってきてくれたシロ。

かなりの数で、両手で数えても足りないほど多い。

「む。シロ！　服が溶けているぞ！」

「ん？　おお」

「おおじゃなくて！　あんた一体何狩ってきたのよ！」

落ち着いた様子で服についたスライムの粘液を落としていくシロ。

ついでに頭から水をかけ、タオルで拭ってヌルヌルを落としていってやる。

大事な部分は見えてはいないものの、もともとシロの服は露出が高いせいかほとんど裸のようになってしまっていた。

「アシッドスライムがいた」

「あんたその中にも入って来たの!?」

「ん。アシッドスライムの被膜は大きくて頑丈な上に火にも強い。当然取る」

「そりゃあ、私だっていたら狩るけど……わざわざ入る必要はないでしょ。本当、無茶苦茶ね」

「ん。この服は自動で直るから大丈夫」

シロの言う通り服が逆再生のようにいつも通りへと戻っていく。

そういえばその服はかなり強い装備だと聞いてはいたが、服に再生機能まであるんだな……。

というか、服じゃなくてシロの体の心配をしたんだと思うんだが、アシッドスライムは装備は破壊するけどそんなに強くはないエッチな魔物なのか……？

女性冒険者の天敵！　男冒険者にとっても強制的に裸にされて変態として捕まってしまうみたいな恐怖の魔物だったりするのだろうか。

「……普通、アシッドスライムの中に少しでも入れば火傷（やけど）のようになるはずなんだがな……」

だよね。そうだよね！

というか、流石はスキルとステータスのある世界。

酸に入っても大丈夫だとか、常識が通じる時と通じない時のギャップが激しすぎる。

「アシッドスライムはウツボガーズラよりも溶けにくいから問題なし。紫色がいたら、流石に入らない」

「紫色って……毒粘族（ベノムスライム）のことか？　そんなものがここにいたら、街道は封鎖されているぞ……」

そ、そんなに怖いスライムもいるのか。

シロも街道封鎖レベルの魔物には突っ込まないらしいのでそれは安心？　で、いいんだよね。

「ん。まだ取ってくる」

そう言うとシロは適当な足取りで数多くいるスライムに突っ込んでいった。

シロが中に飛び込むとすぐさまスライムは飛散し、シロの手元にはスライムの被膜が握られる。

それを次々と繰り返し、また沢山の被膜を集めてくれるようだ。

ありがたいんだが……またその取り方なんだな。

「はあ……主様。あの取り方は普通じゃないからね。勘違いしないでね」

「ああわかってるよ」

「そう。それじゃあ、私ももう一回行ってくるわ。アイナ、引き続き主様の護衛よろしくね」

「ああ。行ってらっしゃい。……とは言ったものの、主君の不可視の牢獄(インビジブルジェイル)があるから暇なのだがな」

「悪いな。仕事取って」

今のように足を止めて拠点狩りのような場合は不可視の牢獄(インビジブルジェイル)を張っておけば一先ず安全だからな。スライムの攻撃で消えればすぐにわかるし、それまでは気を抜いていられるというわけだ。

「いや……暇ではあるが安全に越したことはないさ。それに……暇だからこそできることもある」

ふっと右腕に重荷を感じたので横を見ると、アイナが俺の肩に頭を預けて寄り添っており、目をつぶっていた。

「アイナ？」

「……すまない主君。昨日のソルテが少し羨ましくてな。その、私はこういうことに疎くて……甘えたいのだが、やり方は合っているだろうか……？」

「甘え方ねえ……。自分がしたいこと、してほしいことを言えばいいんじゃないか？　試しに何かないのか？」

「してほしいことか……うーむ。主君ともっと話を……いや、せっかくだからもっと親密なものを……」

いや、別に一回こっきりってわけでもないし、そんな真剣に悩むことではないと思うぞ。

こういうのはなんとなーく思いついたもので良いんだよ。

うーむ、うーむと唸(うな)っているのに夢中なのか、肩に頭を寄せたままなのだが……これも十分甘えているのではなかろうか。

「……しゅ、主君」

「ん？ 決まったのか？」

のどかな光景……といっても、スライムが絶対に目に入るそんな光景を悠長に眺めていたのだが、肩の重みが離れたかと思うとアイナは俺の方を見つめていた。

「ああ。その……だな……とても恥ずかしいのだが……」

ん？ なんで顔を真っ赤にして……これはまさか、いやらしい系のお願いか！

もじもじしているし、視線が合ったら慌てて逸らす。

胸の前で開いた指と指を合わせて開いたり閉じたり……こいつはまさか、おっぱいを――

「その……頭を……髪を……撫でてほしい……」

「……髪？」

「ああ。主君はよくソルテやレンゲの尻尾を撫でているだろう？ 私には尻尾はないからな……だから、髪を撫でてほしい……のだが……」

語尾が消え入りそうなほどに小さくなっていくが、そっか髪か……。

別にがっかりしてるわけじゃないぞ！

おっぱいじゃなくったって全く問題などない！

アイナが髪を撫でてほしいと言うのなら、撫でようではないか！

「じゃあ……撫でようか」

「ああ、頼……きゃっ、しゅ、主君!?」

「こっちのが撫でやすいだろ？」

一度離れてしまったアイナを抱き寄せて俺に寄り掛かるようにさせ、そのまま優しく髪を撫でる。

「っ……」

「……凄いな。サラサラだ」

普通これだけ長いと指通りが悪く、髪と髪が引っかかってしまい結び目などが出来てもおかしくないのだが、指に引っかかることもなくすーっと抜けていく。

「……その、あまり女を磨くことに興味はなかったんだが……最近ソルテからも勧められて気を遣うようになってな。髪は特に……主君にも褒められたし撫でられたいと思って入念に手入れしていたのだ」

「そうなのか……うん。やっぱり凄い綺麗だな。俺はアイナの紅い髪好きだぞ」

「う、あ……ありがとう……」

さらさらと髪を流していくと、一本一本に陽（ひ）の光が染み込むように煌（きら）めいて、殊更に美しい。

紅い髪が珍しいというのもあるが、やはりアイナに良く似合う色だと思う。

「主君に綺麗だ……と言われると、どうしようもなく嬉しくなってしまうな」

「そうか？　そういえば、錬金術師ギルドでも綺麗だって言ったら、初めてだって言ってたけど……流石にそれは嘘だろう？」

だってこんなに綺麗なんだぜ？

言われたことがないとか……流石にないだろう。

「うーむ……もしかしたら言われたことはあるのかもしれないが覚えていないのだ」

「ん？　食事に誘われたことだってあるんだろう？」

以前ソルテからロリコンの変態に土下座されながらその平たい胸に顔を埋めたいとか言われていたと聞いた際に、アイナは良く誘われると言っていたからな。

まあアイナは引く手あまただったろうとは思うが……ソルテは今度、普通に食事に誘ってやろうかな。

「ああ、確かにあるが……正直、胸ばかり見ていて下心が見え透いた男達の場合は話も聞かずに断っていたし、ソルテがすぐさま排除してくれていたからな。主君以外に印象に残っているものはいないのだから、主君が初めてで良いと思う」

「それでいいのか？」

「ああ。主君が初めてが良いのだ」

そう言うとアイナは腰を少し浮かし、俺の横にぴたりとくっつくように体を添わせてくる。

髪は撫でづらくなってしまったが、それはまた今度でもいいだろう。

今は、目を瞑り幸せそうにしているアイナと寄り添いながらゆっくりとした時間を満喫しよう。

……甘え方、十分上手(うま)いんじゃないだろうか。

第二章　神様からの贈り物

出発してから数日が経ち、そろそろ着いても良さそうな頃に夜営を行っていた時のこと。
ふと、お小遣いスキルを使い忘れていたなと思い出し、いつものように金貨が五枚落ちてくるのを待っていた時のことだ。

【お小遣いスキルのレベルが　4　になりました】


お？っと思い手をかざすとレベルが上がったにもかかわらず、金貨は五枚のままだった。

不思議に思っていると、一枚のウサギ……？　らしき動物の描かれた紙が降ってきたのである。

【ボーナス　が追加されました】

ボーナス……？　年二回あるかないかわからない賞与のことか？

基本給で換算されるから、とてつもなく少ないのにも関わらず、あるかないかわからないパーツと使うにも中途半端なあのボーナスが……いや、今回はブラック会社じゃなく女神様だ。

きっと、女神様からのボーナスならば期待したっていいよな。

降ってきた紙を見ると、『スタンプカード』と書かれていた。

……賞与ですらないようだ。

なんだろう。地方に行くたびにスタンプが押せて粗品でももらえるのだろうか。

スタンプカードの文字の下には、線で仕切られた枠組みがあり、一マス毎にウサギ？　の柄が描かれている。

ちなみに、文字も枠もウサギ？　も全部手書きである。

安っぽい……と言ってしまえばそれでおしまいだが、この下手……もとい、上手ではないウサギ？　の絵をあの美人でなんでも得意そうな女神レイディアナ様がお描きになっていると思うと……ギャップがたまらない。

だって、適当ではないんだよ。

おそらく、一生懸命机にかじりつきながら顔を近づけて描いたのだろう。

オブラートに包まない言い方をすると、輪郭がまず歪んでいて左右の耳の大きさも形も違うのだ。

それでも頑張って少しでもこのカードが可愛くなるようにと工夫をしてくれた光景を思い浮かべ、思わず微笑んでしまう。

賞与ではなかったようだが、この一枚のカードでレイディアナ様の情報が読み取れて大満足だ。

「ん？」

よくよく見てみると、一番左上のウサギ？　の絵の上に薄らと光の輪がある。

その絵に指を近づけてみると、光の輪がそのままスタンプカードに触れて円い跡がつき——。

『パパパパーパッパッパーン！』

突然のファンファーレ。

さらには上空から小さな何かが降ってきたのだが、取り損ねてしまった。

「やば……」

かなり小さかったので足元の草を払いつつ探す。

まさか虫ではないだろうなと思いつつ指を使って探していると、どこかで触れたことがあるような感触が……。

そして手に取り、それを見て俺は思考が一瞬停止してしまう。

手にしたそれは、小さな魚の形をした容器だった。

元の世界では馴染（なじ）みが……最近はあまり見ないが、赤いキャップが付いており中には黒っぽい液体が入っている。

二択だ！　この容器に入る黒っぽいものと言えば、二種類だろうと、俺はドキドキしながら鼻を近づけ、こぼさぬようにそっとキャップを開けて匂いを確認すると……。

「っ！」

しょ、醤油（しょうゆ）だ！　まぎれもなくソースではなく、醤油だ！　嗚呼（ああ）、間違えようもない！

「女神様！　愛してます！」

なんで女神様が醤油を、しかもなんでお魚の容（い）れ物（もの）に？　とか、細かいことは気にせずに俺はすぐさま行動に移る。

まずは魔法空間を漁（あさ）って七輪と網を取り出し、夜営用の焚火（たきび）に炭を放り込んで熱しておく。

「主君？　どうしたのだ？」

次はお米だ！

隼人（ハヤト）邸から帰る前に隼人の紹介で出会ったユウキという女性冒険者兼アマツクニの商人である子

から買い取ったお米の出番である！

　初めは隼人の新しい嫁さん候補の紹介かと思ったのだが、お米とめぐり合わせてくれたアイナと同じくらいの大きさのおっぱいのユウキさん。

　購入の際には喜びすぎて思わず奇妙な踊りをしてしまい、初対面だというのに大分引かれてしまったものの、定期的にアインズヘイルにも届けてくれるのでもう一度踊って手に入れたお米の出番である。

　まだ量も多くはなく節約したいのだが、炊き立ては我慢できないな。仕方ない、俺の秘蔵の『緊急用どうしても食べたくなった際に食べるご飯』を魔法空間から出すとしよう。

　まずは手を洗い、お櫃（ひつ）を取り出して一食分よりも少なめのご飯を握る。

　もっと沢山食べたいところだが、醬油の量には限りがあるからな。

　せっかくの醬油だ。美味（おい）しく食べなければ意味がないだろう。

　さあ、三角形に握るぞ！

「主（あるじ）？　ご飯食べるの？」

　赤く熱された炭を取り出して七輪に入れ、網を熱する。

　まだかまだかと待ちきれないが、早めに置いてしまうとくっついてしまいかねないからな。

　一番美味しいところを張り付かせてしまうのは、絶対に許されないのだ！

「何か凄（すご）く集中しているみたいね」

「ああ、ごめん！　ちょっと今気持ちが昂（たか）ぶってるんだ！　あ、それと少し出かけてくるからな！」

「出かけるって……こんな夜にこんなところからどこにっすか？」

「同志の下に！」

「同志って……あ、隼人さんですか？」

「ああ。これは、これだけはどうしてもあいつじゃなきゃダメなんだ。ウェンディ達とも悩むがこれだけは、やっぱりあいつとじゃないとな……」

そうだ、連絡をしておかないとな。

ギルドカードを取り出して、夜だとかそんなものは気にせずに隼人の名前をポチッと。

『あ、もしもし？　イツキさんですか？』

「ああ。俺だ。用件を率直に言うんだが、この後そっちに行くから時間をくれ。後悔はさせない」

半分こしよう！　この今の俺の喜びを分かち合おうじゃないか！

『え？　え？　い、今からですか？』

「ああそうだ。今すぐだ！　できれば二人きりで頼むぞ」

量がないから、流石に皆の分も……とは出来ないのだ。

ただ、スタンプカードを見るにこれからもっと手に入る可能性が高いので、その時は振舞わせてもらおう。

『え……』

「大丈夫だ。俺を信じろ。絶対に満足させてみせる」

いや、もう既にしてると言ってもいいかもしれない。

なんせこの世界にいる時間が隼人よりも短い俺がこんなにも待ち遠しいのだから！

『わ、わかりました……お待ちしております』

「おう！　それじゃあまたあとでな！」

よし。これで隼人は問題なし！

さて、そろそろおにぎりを網の上に載せてっと……。

「……主。隼人に夜這いに行くの？」

「へ？」

「こ、こらシロ！　つっ込んじゃダメって言ったでしょ」

「でも、そうとしか聞こえなかった」

「そうっすけど！　ご主人が男好きだったらその衝撃にどう抗えばいいんすか！」

「ちょっと待て！　どうしてそうなった？」

俺はただ、隼人と食べたいものが、隼人と食べなきゃいけないものがあるだけだ！

そのために七輪でおにぎりを焼いているのだぞ。

あ、そろそろいいか。

染みこませてから焼いてもいいのだが、軽く焼き目を入れてからにするのが俺の拘りだ。

外はかりっと、少し焦げた香ばしい醬油の味わいで、中はじんわりひろがった醬油の味を楽しみたい！

「一応言っておくけど、違うからな。ちょっとこのおにぎりを隼人と食べたいだけなんだ」

「そうなのですか？　でも、どうして突然……？」

「理由は……これだ！」

魚の形をした容器を見せる。

ちなみに、中身は使い切ってしまい残っていない。

「作り物の魚か……？　見たことはないが……」

「まあただの容れ物だけどな。中身は元の世界の調味料だったんだ！」

しかも日本人にとっては馴染み深すぎる、それも俺が求めていた醤油である。

「なるほど……。だからご主人様と同郷の隼人様なのですね」

「んー……香ばしい匂い。美味しそう」

「すまんなシロ……。次手に入った時は必ず皆にも振舞うから。だが今回は諦めてくれ！」

同じく日本人である隼人も、きっとこの味を待ち望んでいることと思う。

だから今回は申し訳ないが我慢してくれ！

「ん。わかった。その時を楽しみにしてる」

「おう！　お、そろそろいいか。熱、熱い、それじゃあ行って来る！」

焼きあがった焼きおにぎりを皿の上に載せて魔法空間へとしまう。

次に空間座標指定（エリアポインティング）で隼人の座標を探し、転移魔法で一気に向かうのだ！

魔法空間にしまってあるので冷めることはないが、俺とて一分一秒が惜しく、早く食べたいのである!!

「お、お待ちしていました……」

「おう！　お待たせ！　さっそくだけどこいつを見てくれ！」

魔法空間から取り出したのは当然焼きおにぎりだ！

「これは……焼きおにぎりですか？　え!?　でもまさか……この匂いは！」

「そうだ！　正真正銘醬油で焼いた焼きおにぎりだぞ！」

「手、手に入ったのですか!?　醬油が!?　一体どこで!?」

「ふふん。気になるだろう？　だがまずは食おう！」

俺は小さな焼きおにぎりを半分に割って片方を隼人に差し出した。

熱っ！　いけど、やっぱり出来立ての熱々じゃないとな！

「えっと……いいんですか？」

「ああ勿論(もちろん)だ！　共に幸せを分かち合おうじゃないか！」

「ありがとうございます！　では……」

「「いただきます！」」

口元へと運ぶと、醬油と米の焼けた香ばしい香りが鼻腔(びこう)をくすぐる。

小さな焼きおにぎりでは、一口で口の中に納まってしまうが……その感動はとても小さいとは言えぬものであった。

必要以上に咀嚼(そしゃく)を繰り返し、この味を身体(からだ)全体に染みわたらせるように味わって、ゴクンッと飲み込んだ。

「はぁぁぁ……美味い……」

望んだとおりのシンプルな焼きおにぎりの味だ。

そしてそのことに何よりも感動した。

醤油も米も日本人にとってはソウルフードと言える品だ。

それらを同時に味わう焼きおにぎりなのだから、そりゃあもうたまらない美味しさであった。

「隼人、どう……だ？」

「はぁ……最高でした……」

隼人も大満足だったようで、ほうっと目を蕩けさせるようにして余韻に浸っているようだ。

「そうか。そうだよな！」

「はい！　でも、どうやって手に入れたのですか？」

「いやな、ユニークスキルのレベルが上がったらこんなのが届いてな」

ぺらっとスタンプカードを隼人に手渡して説明をしていく。

「これは……え、女神様の手作りなんですかね？」

「多分な。でもそれよりもこのウサギ？　マークだ。俺の予想だとこのマークのところで何かが貰えるんじゃないかって思うんだ！」

つまりあれだ。ソーシャルゲームのログインボーナスみたいな感じだろう。

友人はあまりにもソーシャルゲームにはまりすぎて課金のせいでローン地獄に陥っていた。

『出ないのは運営のせいじゃない。俺の魔力が足りないのが悪いのだ。だからこそ諭吉を触媒にし、足りるまで触媒を増やして召喚するしかないのだ！』

と、聞いた時はもう駄目だと思ったものだが……これはログインボーナスがあるだけなので、俺は沼にははまらないだろう。

「あ、醬油って決まっているわけじゃないのですね」

「まだ一回目だし、わかんないけどな。でも出来れば醬油がいいよなー」

出来れば醬油確定か、それか味噌もあるといいんだが……。

しかし、毎回この魚の容器では量が……いやいや、贅沢は言うまい。

醬油がこの世界で食べられるというだけでもありがたく思うべきだろう。

感謝します女神様！

あと、一番右の列のゴージャスな感じのウサギ？　もいるのが少し気になるんだよな……。

「良かったんですか？　そんな貴重な物を僕と食べて……」

「馬鹿。お前と食べたいと思ったんだよ」

「イツキさん……」

俺達は、固く熱い握手を交わしたのだった。

「……………ちょ、ちょっと押さないでよ！」

「あ、ダメなのです。倒れるのです！」

「こら。誰よ押してるのは」

「うう……重いです……きゃあ！」

そして、握手を交わしたとほぼ同時に扉から倒れこんできたのはレティ達。

「……皆？　なにをしているの？」

「ごめんなさい！　ごめんなさい！」

「これはその……覗いていたわけではないのです！」

「あ、あはは。私は止めたのよ？」

「はあ!?　エミリーが一番乗り気だったじゃない！」

「は、隼人が意味深なことを言うから悪いのよ！　なにが『……僕は今日……いや、何でもない。ただ、誰も部屋に入らないで二人きりにしてほしい……』よ！　ただ焼いたお米を食べてただけじゃない！」

……隼人？

「あはは……」

隼人？　お前もまさか、シロ達みたいな解釈で受け取っていたのか？

「あははは……だってそう取れる言い方をしたじゃないですか！」

「いやそうかもだけど！　普通は違うって分かるだろ！」

「やっぱりお兄さんはライバルなのです？」

「違うから！　俺は、女の子が好きなの！」

「ぼ、僕だってそうですよ！」

だからレティとエミリーは敵意を向けながらひそひそしないでください！

本当に何もねえから！

ただ元の世界を知る共通の仲間として隼人と焼きおにぎりを食べたかっただけだから！

この後、俺は隼人に手を出さないという別名『焼きおにぎりの誓い』が行われことなきを得たのだが……。

勘違いしたと言うのなら、『わ、わかりました……』はまずいんじゃなかろうかと思わないでもなかったのだった。


アインズヘイルを出てからちょうど十四日目の今日は、アイナが手綱を握り俺を含めて皆は荷台でまったりしていた。

ここから先、ユートポーラまでの道のりで出てくる魔物は弱いそうなので、見張りは荷台の梁（はり）の上に乗ったシロにお任せだ。

「主君。見えてきたぞ」

「お？　ユートポーラか？」

アイナの声に反応し、荷台から御者台の方へ移り前に目をやると、大きめの丘にいるようでそこから見下ろす形でユートポーラの街が見えてきた。

街を囲むような大きな壁、そしてその中には様々な建物と、湯気だと思われる白い煙。

山や森も含まれているようで、それらも含めるとかなり大きな街のようだ。

そして、どうやら温泉とはいえ硫黄泉ではないらしい。

あの独特の卵が腐ったような匂いがしない。

獣人であるシロやソルテ、レンゲは鼻がいいので、硫黄泉だときついだろうと思ったのだが、それは良かったな。

「さーて。いよいよね」

「そうだな。とりあえず、まずは宿を探すか。アイナ達も一泊はするんだろ？」

「ああ。冒険者ギルドに行ってクエストの受注をしないといけないからな。その後は荷物の整理と準備なんだが……食料などは主君が負担してくれたから随分と余っているし、一泊で十分だろう」

「わかった。とりあえず、宿を探しに行こうか」

……明日か。

明日には、三人は洞窟に行ってしまうのだと思うと、やはり寂しいな。

だが、約束通り俺は洞窟へは行かない。……俺はな。

そう。俺は行かないが、もしもに備えてシロには三人に内緒でついて行ってもらうことにした。

これは、さんざん悩み、シロと相談して決めた結果である。

『シロが、主の不安も心配も退ける。……三人に怒られる時はシロだけでいい。シロが勝手にしたことだってすれば大丈夫』

『……それは違うだろ。シロに責任を擦り付ける気はないよ。俺が、シロに頼むんだ。酷い主だって思ってくれ。でも、頼む。どんな形だって、怒られたってかまわないから、シロも、三人も、無事に戻ってこられるようにしてくれるか？』

『……恨まない。わかってる。主が優しいことは、シロも皆もわかってる。だから、シロは主に約束する』

という話し合いを経て、シロには陰ながら三人にもしものことがないようにとお願いしたのだ。

……情けないな俺。

こんな小さなシロにお願いすることしかできないのだから……。

「はあ……」

「そう不安そうにしないでくれ。大丈夫。ちゃんと戻ってくるさ」

「そう……だな」

「それに、せっかくの温泉街なんだ。主君は温泉が好きなのだろう？　だから、私達がクエストに行っている間に主君が見つけた最高の温泉宿を紹介してくれ」

「……おう。戻ったら、背中流してやるよ」

「ふお……。お、お願いしよう」

想像だけで顔を真っ赤に染めるアイナを見て、確かに楽しまなければ損だなと思うのだった。

門でのチェックを終えて街に入ると、やはり観光地なのか商店が多い。

そして、様々なところで白い煙が上がっており、温泉街らしく足湯なんかもあるようで驚いた。

「さてご主人。とりあえず宿は白い煙が上がってるところが大体そうっすね。もっといろいろ見たいなら、案内人とかを使うのも手っすよ」

「案内人？」

「そう。こういう観光地とかには大体いるのよ。初めて来た客なんかを捕まえて、街を案内するから案内人。まあ、自由に見て回りたいならいらないけどね。当たりはずれも多いみたいだし」

んー……ガイドツアーの現地版って感じかな？

「んんん？　おやおやおやー？　もしかしてもしかすると、ユートポーラは初めてですかぁー？」

「え？」

突然接近してきたのは、探検家のような服を着た女性であった。

動きやすさのために太ももがあらわになった短めのパンツと、厚手のブーツ。

帽子は被（かぶ）っておらず、黒っぽい髪を頭の上で左右対称に二つのお団子シニョンに結っており、そこからさらに長く髪を垂らしてツインテールも合わせたような髪形だ。

ノースリーブなので白くて細い女性らしい二の腕が映え、美しいまでの腋（わき）の先の手首には綺麗（きれい）な丸い球がいくつもついたアクセサリーと布製のアームガードのようなものを着けている。

そして、胸の谷間は隠すつもりがないのかばっちりと見えていて、これでもかといわんばかりの快活な営業スマイルをこちらへと向けていた。

「案内人をお求めですか？　よろしければ私が手取り足取りご案内致しますよ？　料金は少しお高めの一日三万ノールですが、たっぷりサービスさせて頂きます。どうですか？」

社交的……というよりは、距離感の詰め方が上手（うま）いのか、かなり自然に腕に抱き着いてきてサイズ的にぱいを押し付けてくる案内人さん。

「……はずれね。断って次にしましょう」

「ええええ!? 私これでもこの街一番の案内人ですよ!? あんなところからこんなところまで、お客様のご要望を叶える超人気案内人ですよ!? 普段ならすぐに次のお客が決まってしまうところですが、お客様は運が良くたまたまお客さんをお見送りしたところなのに!」

「ふむ……では、冒険者ギルドはどこかわかるか?」

「勿論。すぐそこの角を曲がって真っすぐ行った先の、二番目の十字路を左に。さらに真っすぐ行って十五番目の建物が冒険者ギルドですよ」

とりあえず、言われた通りに進んでみて本当に冒険者ギルドがあるのを確認しに行ってみる。

移動中もどうやら腕に抱き着いたままらしく、ウェンディが頬を膨らませて不満をあらわにしているようだが、当の案内人さんは気にしたそぶりも見せはしない。

さらには、道中にある露店や商店の耳寄り情報を入れてくれるあたり、案内人としては本当に優秀みたいだ。

ただ、シロが何か盗まれぬように目を凝らして見ているのだが、お客様からは盗らないですよう……と、小さくつぶやいたのを聞き逃さなかった。

「ふふーん。どうですか? 私の実力は!」

言われた通り進んでみると、本当にそこに冒険者ギルドがあった。

十五番目だとか、よく覚えているなと感心する。

「確かに凄いな……じゃあ、せっかくだし頼もうか」

勘違いされては困るのだが、別に案内人さんのサービスに負けたわけではなく、実際に優秀な案内人さんだと思ったから頼むだけである。

「わお！　値段交渉もなしですか！　お大尽様ですね！　それでしたら調子に乗って、指名とＶＩＰも入れてくださいよう」

え、何その指名とＶＩＰってどういうことなのだろうか……。

案内の指名とキャバクラ的なシステムは。

「入れてくれれば……私のサービスが良くなりますよ……？　例えば……」

さっと手を取られ、そのままナチュラルに太ももの間に差し込まれる。

うおう、いいのかこれ!?　中腰はきついが、いいのかこれ！

「どうですか？　私のお眼鏡に叶ったお相手にしか、ご提案しないんですよ？　今なら指名料、ＶＩＰ料、案内料金込みでお値段なんとジャスト5万ノールで――」

「よし。これでいいな」

面倒だ金貨一枚、10万ノール出す、これで二日分だろう？

二日間案内をしてもらおうじゃないか！

ユートポーラ最こ……あ。

しまった。俺一人で来てるわけじゃないんだった！

「むう……ご主人、太ももなら自分が一番って言ってたっすのに……」

「……アイナ。冒険者ギルドに行くのって、後回しでもいいんじゃないかしら？」

「そうだな。まだ時間はあるし、夕刻でも構わないだろう」

「あははは。チョロ、じゃなく、自分に素直で素敵です！　では二日分、前払いでしかと受け取りました！　それではご案内させていただきますね。まずはどこから参りましょうか！」

「あーえっと……」

「あはっ。二人きりになれる場所にしますか？　お値段……別料金ですけども……」

くるりと回りながら腕を放し、人差し指で服を開いてちらりと胸の谷間をアピールする案内人さんなのだが、いやいやいやいやいや、今のこの状況でそれはまずいだろう。

というか案内人さん状況をもっとしっかり理解して！

いや、理解したうえで誘ってるのか!?

「ご主人様……」

「ん」

案内人さんが離れた隙をついて、両の腕をウェンディとシロがとる。

もう二人共不満たっぷりで、宿に連れ込まれなどしたら、案内人さんがとってもピンチになりそうな雰囲気だ。

「……まずは宿から頼む。当然！　六人で泊まれる部屋な！」

「かっしこまりましたー！　料金に制限などはありますか？」

切り替え早いな……助かるけど。

「特にないな。高くてもいいところなら構わないぞ」

「おお……流石私の勘……。びびっと来ただけありますね……。これは儲かる予感がします。それじゃあ私が知る限り、最高の宿へご案内しますよ！」

そう言うと手を上げて進みだす案内人さん。

歩き方が……その……お尻を振るようにしているせいかぷりんぷりんしているんです……！

嗚呼……上手い商売だな。

案内を主としながらも、こうして客を誘い出すというわけか。

だが残念！　本当に残念！　今回俺が案内以外を頼むことはないだろう。

背後からの視線が怖いからね！

しかも、俺に向いているわけじゃないってのが尚更ね！

「おお、怖いですねえ……。でも、みすみす上客は逃がせません。こっちも仕事ですので……」

わお。この案内人さん……まさしくプロだ。

どんな状況であろうとも客を逃がすまいとしているその根性……ある意味尊敬します。

「おっと、宿の前にこの茶屋で名物のエイトアイはいかがですか？　もう、精力増強効果や、疲労回復効果が凄いですよ？　歩きながらでも食べられますし」

道中、家屋から良い香りの煙が漂うお店の前で止められると、なにやら魚らしきものを焼いている。

エイトアイ……？　あ、八目ウナギか。

「ユートポーラは川魚が名産なのか？」

「そうですねえ。エイトアイもそうですが、七色イワナやヤマメアリゲーターなんかも、ユートポーラでしか食べられないと思います。魚以外ですと、雪原ウサギも美味しいですね。マッスルキリンはちょっと固いですが、味は悪くありません。後は、工業製品だと硝子(ガラス)細工なんかも有名ですよ」

キリンがマッスルな上にキリンも食べるんだな……。

「シロ、エイトアイ食べるか？」

「ん、それは主が食べた方が良い」

「……いや、うん。じゃあ貰っとく」

一応ね。混浴とかもあることを考えるとね。

ヤーシスにもらったあのお薬は……効果が強すぎるしね。

他の皆にもお勧めしてみたのだが、結局食べたのは俺一人だった。

味は、うん。普通にウナギの素焼きみたいな感じ。

出来れば甘じょっぱいタレで、白米といただきたいって感想だ。

「はいはーい、お宿に到着でーす」

案内人さんが案内してくれたのは、それはもう立派な建物であった。

「ここは温泉完備ですし、料理もユートポーラの特産品を使ったものを、一流のシェフが調理しますので絶品ですよ！　ただ、お値段はお一人様一泊10万ノールですけどね」

「ほーう。それじゃあせっかくだし、ここにするか」

「おおお……。即断即決ですね……。どうです？　私の部屋も一緒にとって、夜中に抜け出してしっぽりとかしちゃいますか？」

「しません……」

気づいて！　背後から貴方（あなた）に向けられた純粋な○意に気づいて！

いやきっと気づいていながらもどこ吹く風と受け流しているのだろう。

俺はもうさっき向けた尊敬を通り越して怖いよ君が！

「ちぇ。まあいいでしょう。マージンも入りますしね」

まあそんなもんだと思ってたけど、声に出しちゃうんだね。

……なんとなく、わざと聞こえるようにしている気がするな。

あっけらかんと話すことで、不信感は与えずに搾れるだけ搾ろうという考えだろうか。

「あ、でもご安心を。間違いなく良い宿ではありますから」

「おう。流石にそれは期待してる。もし違ったら、明日は別の案内人に頼むしな」

「あはは。流石に前払いで気前よくお代を貰ってますし、お仕事はきちんとさせてもらいますよ。あ、案内は明日と明後日（あさって）としておきますので、今日はゆっくりお休みくださって構いませんよ」

「ありがとう。それと、遅くなったけどよろしく頼むな」

「はい！　それじゃあよろしくお願いしますね」

「あ」

しまった。宿を決める際に大切なことを忘れていた。

「え？　え？　どうしましたお客さん……いきなり肩なんて摑みなさって……もしかして、私と秘密な×××がしたいんですか？」

「それはない！」

「うわ、断言されると自信なくします……。私、これでも人気あるんですよ……？　今まで体験したことのない感覚に陥らせられると評判なんですよ？」

……うん。まあわからなくもない。

可愛い上に男受けしそうな体をしているし、お金さえ払えば仕事はこなすタイプだと思えるし。

もし俺が一人でここを訪れていれば、今まで体験したことのない感覚とやらが気になるのでお願いしたかもしれないけど……今は無理だから！

そんなことより、こっちの話だ！

「……ここの宿、貸切風呂もしくは家族風呂、つまり混浴は可能か？」

これ大切。出来なければ、この宿はダメだ。

「あー……そっか……来たばかりだから知らないんですね……」

「知らない……？」

おいやめろ。なんだかとてつもなく嫌な予感がする。

「ええ、つい先日からユートポーラの宿では混浴が禁止になったんです」

……。

うそ……だろ……？

頼む、嘘だと言ってくれ。

その表情は……嘘じゃないのか……。ああ……くそう。世の中ってのはなんでいつもこう上手くいかないように出来ているのだろう……。

「あのう……打ちひしがれているところ、本当に申し訳ないのですが、一部の貴族が宿の温泉を貸切ってお痛を働いたとかで、一時的に温泉が使えなくなる出来事がありまして……。その結果、ユートポーラに湯治に来たお客様にもご迷惑がかかるということで……」

お痛ってなんだよ……。

ああ、混浴でお痛といえばピンク色な出来事しかないよな……。

畜生……一体どこの貴族だ。判明したら『タタナクナール』をお見舞いしてやる……。

うちのシロ様をけしかけて秘密裏にタタナクナールしてやる……。

「ご、ご主人様……家に戻ればお風呂がありますよ！　そこならいつでも混浴です！」

違う。違うんだウェンディ。

お風呂での混浴と、温泉での混浴では微妙に違うものなのだ。

どれくらい違うかというと、全裸と半脱ぎくらい違うのだ。

どちらも素晴らしい。だが、一緒ではないのである。

「……混浴って、そんなに大事なの？」

ああ、大事だともソルテ。

俺の目的の第一、第二、第三はお前達が心配だから。

でもそこから遠く離れた第四は混浴だ。

背中を流したり、流してもらったり、一緒にゆっくりとお湯に浸かって心と体を癒したり、マッサージをしたりと楽しみにしていたのだ。

そして当然、温泉地ならば露天風呂だ。

誰に構うことなく開放感のある露天風呂を皆と楽しみたかった。

ユウキさんから買い取った、アマツクニ産の白く濁ったお米のお酒を錬金で清酒にしたうえで熱燗にし、温泉で酌をしてもらって飲むのも楽しみだったんだ。

たとえ温泉であろうとも、一人で手酌じゃ寂しいんだよ……。

ああ世界が暗い。こんな世界じゃアイナ達が戻ってきた後、背中を流してやることすら出来ない……この世はなんて残酷で悲しい世界なんだ！

「あの！」

「ん……」

「手がないわけではありませんよ？」

案内人さんの一言で、案内人さんの背中から後光が見えるような感覚に囚われた。

天からの救い。まさかの、大逆転である。

もしかしてこの案内人、女神様からの使いだろうか？

「確かに宿や公共の温泉では無理です。どう喚いても嘆いても無理なのですが、私有地であれば、問題はありません！　つまり……家を、別荘を買うというのはいかがでしょうか！」

「それだ！」

天才かこの案内人は！

確かに私有地であれば混浴が禁止であっても誰に迷惑をかけることもないだろう。

「いやいやいや……主君？　家を買うって、そんな簡単に決めるものではないぞ？」

「だが、それしか方法はないんだろう？」

「はい！　それしかありませんね！」

「じゃあ仕方ないな。よし家を買おう」

「いやいやいやっす……。混浴のために家を買う人がどこの世界にいるって言うんすか」

くいくいっと自分のことを指差す。

ここにいるよっとウィンクも添えて。

「……あ、これ駄目なやつっす。聞く耳持ってない感じっす」

「そうね……。これ駄目なやつね。ウェンディ、貴方からも何か言ってあげて！」

「えっと……でも、ご主人様が望むなら……」

「私達としても主君の願いを叶えてあげたい気持ちはあるが、ちょっとした買い物の金額のレベルではないからな……」

「えっと……ではお金は大事にしないと……ですよ？」

「それはわかってる。でも、頑張って働くから！　また錬金頑張るから！　働きたくないの我慢するから！」

財布の紐の緩い俺の心配をしてくれているのはわかる。

だけど！　お願いしますウェンディ様！　紅い戦線の皆様！

俺は、俺は混浴がしたいのです！　この地で、天然の温泉で混浴がしたいのです！

そのためならば頑張りますから！

働きたくない男らしからぬ頑張りを見せますからどうか！　どうか!!

「主、泣いてるの？」

「えっと……あの……ここまでおっしゃってますし、ご主人様が望んでいらっしゃるなら……仕方ないのではないでしょうか？」

「そう……ね。元々主様のお金なんだし。どう使おうと主様の好きに使うのが一番……よね？」

「ん。シロは主がここまでする温泉入りたい」

「そうっすね……。まあ、ご主人の中では決定事項っぽいっすしね」

「一先ず物件を見てから決めるというのはどうだ？　下手なものを無理に買うようなら止めるということで……」

「そうしましょ。今の勢いなら変な家でも、温泉があるなら買いそうだし……」

おお……俺の熱意が通じたのか、どうやら認めてもらえるようだ！

「ありがとう皆！」

なんだか視線が生暖かくて諦めているようにも見えたが、きっと熱意が伝わったんだな！

「あのー……盛り上がっているところ悪いんですけど、先に言っておきますね。一応ここは有名な

「観光地で、療養地ですから。お値段も張りますし、人気の場所は埋まっちゃってたりしますよ？」

「とりあえず、とりあえず物件を見に行こう！」

話はそれからだ！

だが、確かにここは観光地で療養地なので、普通の家屋でもアインズヘイルの街の何倍もするかもしれない。

となると持ち金で足りるかどうか……。

少なくとも今現金は1億ノール以上、具体的には1億5000万ノール前後はあるはずだ。

全財産を叩くわけには当然いかないが、安いもんでもないだろう……となると8000万から最大で1億ノール前後であればいいんだが……。

案内人さんは上機嫌で俺の前を歩き、先ほど以上にお尻がリズム良く揺れている。

「……うふふ。売れたらマージンマージンマージン特大マージン！　ひゃっほう！」

ああ、なるほどな。家を売ってもマージンが入るのか。

……一応聞こえなかったふりをしておこうか。

「それでは真面目にお仕事モードで。まずは一軒目ですね」

「おお……かなり立派だな」

仕事には真面目だから憎めないんだよな……でもまあ当然洋風だよな。

温泉街とはいえ、街並みからして和風な建物はなかったし当然と言えば当然か。

「間取りはこんなところですね」

パアッと広げた紙には、この家の間取りが書いてある。

「え、なんで今持ってるんだ？　取りに行ってないよな？」

「うふふ。お仕事モードの案内人ですから！」

うん。わからない。

お仕事モードの案内人だからって、こんな突然家を買うとか言い出す客用に間取りの書いた紙を持っているとは驚きだ。

見たところ魔法の袋があるようにも思えないし、取り出した場所も胸の谷間からだしな……。

ま、まあともかくこの家の間取りを見るとしよう。

部屋数は……六と。結構多く、それで肝心の風呂は……地下か……しかもそんなに広くない。

「この辺り、立地は申し分ないんですけどね。街の取り決めの都合上あまり温泉を流すことが出来ないんですよ……」

俺の反応を見て、先んじて応えてくれる案内人さん。

「でも、商店など主要な店舗からさほど離れていないので交通は便利なんですけどね。お値段はなんと3億ノールです」

「あー……予算オーバーだな……。出来れば1億前後で探したい」

「1億ですか……。んーそうなると、市街地からは外れてしまいますよ？　その分湯量は確保できますが……」

「ああ、温泉優先で、出来れば露天があるといいんだけど」

「あー露天……露天ですか……んーそれで1億となると……いや、でもあそこは……うーん……」

どういうわけか珍しく歯切れの悪い案内人さん。

珍しくも何もまだ出会ったばかりなのだが、臨機応変、勇往邁進(ゆうおうまいしん)、猪突猛進(ちょとつもうしん)とにかく基本的に前向きに進めなイメージの案内人さんらしくない感じである。

「露天もなくはないんですけどね……ただ、立地上余所(よそ)から見られることのない露天となると、中々もう手がついてしまっていて……。あるにはあるんですけど……」

「何か問題があるのか？」

「ええ、まあ……。正直、お勧めできるレベルにないと言いますか……。本来ならばさほど悪くないのですが……」

「一先ず見ることは出来ないのか？」

「うーん……えっとですね。実はここから見えるんですよ……」

ずいっと指をさした先。

街から外れた先の、背後には森だか林だかが広がる斜面にある階段のさらに上。

そこに、ここからでもわかるほどボロボロの建物が見えた。

「あれ……か」

「はい……。露天風呂のスペースが二つあるのですが、源泉を引くにも高い上に遠く、高いところにあるのでお金がかなりかかります……。だから買い手が中々現れず、値段も底値の１０００万ノールなんですけどね……建て直すにしても、館と温泉を引くための工事ですと1億じゃとても……」

「ま、まあ一応近くで見てみようぜ」

俺達一行はボロ屋と見られる建物へと向かうことにした。

市街地からは結構離れており、道は舗装されてはいたが遠い。

階段をぜえはあ俺だけ言いながら上りきると、石畳が敷かれ、入り口までは綺麗に見える。

だが……。

「こいつは……酷いな……」

見るからにボロボロだ。

今にでも崩れそう……というほどではないが、もう随分と人の手が入っていないのがわかる。

「管理もされていませんしね……。ただ、ここから見える景色や、浴場の広さだけなら立派なものなんですけどね……」

確かに言うとおり街を一望できる景色は素晴らしい。

だが、明らかに蜘蛛(くも)の巣が張っているレベルの建物が大問題だ。

「浴場にはこちらから向かいましょう」

案内人さんは建物の外を回って浴場に案内する。

どうやら内部には入りたくない様子だ。

うん。虫とか間違いなくいるだろうし俺も建物内部に入る勇気はない。

「おお……おおお……?」

元浴場だったと思われる場所に着くと、まずその広さに驚いた。

しっかりとした旅館の、岩風呂のように広い。

ただ柵などは壊れ一切の整備をしていない廃れっぷりで、今のままではお湯を入れても入れないだろう。

「元々は街を一望できる旅館だったらしいのですけどね、でも何らかの影響で温泉が流れなくなり、閉鎖してしまいました。温泉を流すには莫大なお金が必要になり、持ち主は泣く泣く手放したみたいですね」

なるほど、旅館だから男女に分かれて入れるように二つ浴場があるのか。

ただ、コケが我が物顔で生えまくり、雑草も自己主張が激しい。

更には背後の森林から風に乗ってたどり着いたのか枯れ葉や枝まで散乱している状態だ。

「しかしこいつは……」

「本来ならば、季節によって紅葉を楽しんだり野生動物が顔を出したりする自然に近い状態での入浴を楽しめる場所だったのですけどね……」

露天風呂の楽しみは、溢れんばかりの開放感と、そこから見える景色だ。

海が見えるのも露天も良いが、やはり自然の表情を窺いながら入る露天も素晴らしいものだ。

だが……。

「掃除は自分でするにしても温泉が問題か……」

ここの値段は1000万。

ここを再生させたとしても、ボロボロの建物を直し、温泉を引くには1億じゃ足りないだろう。

となると、建物は諦める……もしくは小さな脱衣スペースを作り、宿から通う手も悪くはない

……悪くはないが……。

やはりどうせなら温泉のあとは付属の建物でゆっくりしたい……。

転移魔法で家と往復してもいいのだが、なんか違う気がする……。

「あの、あの……ご主人様」

「ん？　どうしたウェンディ？」

なにやら言いにくそうな顔で、口元に手を当てて内緒話をするかのようにそっと俺の耳に顔を寄せてくるウェンディ。

「あのですね……近くに源泉ならありますよ？　まだ未発見のようですけど……」

「なに!?　本当か!?」

「え、ええ……地下深くではありますけど……。多分、この気配は温泉だと思います」

「詳しい位置はわかるか？」

「はい。えっと、近くまで行けばより詳細がわかると思いますが……」

「ウェンディ！」

「きゃっ」

ぎゅーっと抱きしめる。

流石はウェンディお手柄だ！

源泉が近くにあり、更に未発見だというのなら、俺にはスキルを使って温泉をただで流す方法に心当たりがある。

「凄いぞウェンディ！　でも、どうしてわかるんだ？」

「えっとえっと……種族の個性です」

「へえ。便利なんだな！　おかげで問題はあと一つだ！」

源泉の位置がわかるなんて何の種族なんだろう？

まあともかく、未発見の源泉が近くにあるというのはありがたい。

さて、これで最後の問題はこの廃れた風呂場と壊れかけの建物だ。

風呂場は自分で何とか出来るかもしれないが、源泉の問題がお金をかけずにクリアとなったのなら、建物は建て直す……って手もあるか。

「なあ案内人さん。この地でこの建物を建て直すとしたらどれくらいかかるかな？」

「そうですね……建て直しですと普通の街の家屋と同じくらいの値段かなと。ただ、職人の手が空いていないので随分と待たされると思いますよ？」

「空いていない？」

「ええ。先ほども言いましたが、現在良い条件の露天付きの家は売り切れ状態でして、最早露天がなくとも作れば高く売れる！って状態でもあるんです……。だから職人達はこぞって新しい家を建てている真っ最中なのです」

うーん。やはりここを訪れる男達の思考は同じか。

混浴を求めて来た哀れな金持ちの男達が、混浴するために家を買うと……。

……多分貴族が多いのだろうけど、どいつもこいつも変態め。

「んー……じゃあ、順番待ちするしかないのか……。それか、やっぱり内風呂だけの建売を買うかどうかか……」

「……この街の職人を貶すような言い方になりますが、正直、値段に見合いません。先ほどご紹介した家、あれも最近職人が作った家ですが、あれでマシな方なのです」

「そうなのか？　いや、確かに立派だったけど……」

「ええ、建物自体は立派です。だけど、ユートポーラでは一区画に流せる湯量が決まっており、近いところに建物が乱立すると枝分かれを繰り返すので、これから先は今よりもずっと少ない量のお湯しか流れなくなると思います」

うへえ……そいつはまずいな……。

それにあの家の風呂は地下であり、六人で入るのにも狭すぎる。

となると……理想と現実を考えてもここを建て直すしかないんだが……。

職人が常に出張っているのなら、一時凌ぎとして掘っ立て小屋すら難しそうか。

どうするかと、悩んでいたその時。

「おうおうおう！　あんたら、どこのどいつだ！」

「ん？」

俺達の背後からぞろぞろと現れるイカツイ男の集団。

手には大槌や斧を持っている男が十数人。

もしかして、この廃屋状態の館を砦にでもしていた盗賊かなんかだろうか。

同じことを考えたのかアイナ達が警戒し、武器に手を添える。

いや、でもあの見た目は……。

「俺はアインズヘイルから来た錬金術師だ。ちょっとこの物件を見させてもらってるんだが……。あんた達はもしかして、アマツクニ出身か？」

黒っぽい髪が多いことだけが理由じゃないんだが、多分間違いないだろう。

あの半纏に、ねじり鉢巻。持っている工具。

もしかしたら縁日の人の可能性もなくはないが、当たってくれよ俺の予想。

「おうとも！　俺達はアマツクニからこのユートポーラにアマツクニ式の建物を広めるために来た使節団！　『アマツクニ建造木工組合』だ！」

ビンゴ。そうだよな。ほぼ間違いなく大工さんっぽい格好だったし。

持ってるの、剣とかじゃなくて斧とか木槌とか鋸っぽかったし。

「この家は俺達が目をつけたんだ！　悪いがあんたは、諦めてくんな！」

その威圧的な態度と、理不尽極まりない言動を目にしながらも俺は歓喜していた。

棚から牡丹餅、瓢箪から駒とはまさにこのこと。なんてタイミングで現れてくれるんだ。

しかもアマツクニ式の建物？　最高だ。最高じゃないか。

更には使節団だと？　ははは、天は我に味方せり！

いかつい男の集団の先頭に立つこの男。

この男が間違いなく、『アマツクニ建造木工組合』の棟梁だろう。

白髪交じりだが、筋骨隆々でまだまだ働き盛りの男。

そして、先頭に立ち若い衆と見られる男達を従えているのだから話を通すならこの男か。

そしてこの男、一言で言い表すならば、手を抜くことが出来ない職人といった印象だ。

「いいか。この場所に目をつけたのは俺達だ！　遠目からでも目につくこの場所に――」

「ふふふ」

「っておい……何笑ってんだ？」

「あっはっはっは！」

「うお！　お、おい？　大丈夫か？」

今のこの状況を笑わずにいられるわけがない。

アマツクニ式だぞ？　俺の理想を叶えるのに、これ以上の相手はいないじゃないか。

「ご主人様？　どうされたのですか？」

「いやー悪い。こうまで上手く行きすぎると、流石に笑わざるをえなくてな。本当に、隠しステータスがある気がしてきたよ」

しかも使節団ということはそこに住むことが目的ではないのだろう。

建物を建てて、アマツクニ式の建物を広く知ってもらうことを目的としたものだろうと予想が出来る。

ならば、利害は一致するはずだ。

「なあ棟梁。いや、親方の方がいいか？」

「お、おう。どっちでもいいけどなんだよ」

「単刀直入に言う。俺に雇われないか？」

「ああ？」

「つまり、この館と温泉は俺が貰うが、建物の建て直しはあんた達に頼みたい」

「なんだと？」

「なに、そう悪い話でもないだろう？　あんた達は目立つ場所に家を建ててアマツクニ式の建物を広められる。俺は家を建て直して温泉を手に入れる。お互いに利のある話だと思うんだが……どうだ？」

しかもアマツクニ式ということは和風の建物なはずだ。

俺にとって温泉といえば、和風の建物とセット。

きっと畳だ。畳があると信じている。畳でごろごろしたい。

「悪いんだが、そいつは出来ねえな」

「……あれ？」

あっれえ？　ドヤ顔で『どうだ？』とか、言っちゃったぞ。

今すごく恥ずかしいんだけど……。

「使節団の取り決めで、報酬を受け取るわけにはいかねえんだ。こっちも大したもんを作れるほど資金があるわけじゃねえが、だからといって依頼は受けられねえ」

あー……なるほど。

あくまでも国からの仕事であって、余所の国の人間から報酬を貰ってやるわけにはいかないと。

うーん、別に得する分にはいいじゃんと思わなくもないが、流石は職人気質(かたぎ)、って感じだな……。

ならば、

「じゃあ材料費は全て俺持ちってんならどうだ?」

「ああ? 材料費ってえと、木材か?」

「そうそう。報酬じゃなけりゃいいんだろう?」

「そりゃそうだが……。いいか。建築用の木材ってのは安くねえ。あんたは見たところ貴族には見えねえ。その上ここに1000万も払って金はあんのか?」

「予算は1億。高級な木材で作るアマツクニ式の建造物だ。使節団として建物を建てる以上、良い物にしたほうがいいんじゃないか?」

「1億……」

「足りないか? ある程度なら増やしてもいいぞ?」

予算は元々1億ではあったが、温泉地にアマツクニ式の別荘が建つのならばある程度は許せる範囲だ。

男の憧れの一つ、別荘。

避暑地か、温泉地か、どちらでもいいが、持ってみたいとは思っていたんだ。

「……なんだって俺達に頼む。たまたまか？　それとも、この街の職人がくだらねえもん作ってて手が空いてねえからか？」

「いや。他の職人の手が空いてても、俺はあんた達に頼んでたよ」

「……黒髪……だがアマツクニ出身じゃねえな。流れ人か？」

「おう。和と温泉と、俺の女と平和をこよなく愛する流れ人だ」

「はっ。なるほどな……」

棟梁は少しばかり考える。

だが、この時点で考えるということは少しでも可能性はあるはずだ。

「……朝飯」

「ん？」

「毎日朝飯を付けてくれ。全員分だ」

「わかった。交渉成立だな。手え抜くなよ？　俺はこだわるぞ？」

「抜くかボケ。てめえこそ、材料費をケチるなよ？」

ニカッと笑い合い、ぎゅっと握手を交わす。

痛て、見た目どおり握力強いな。

「いいんですかい親方!?」

「うるせえ！　いいかお前ら、最高級の材料で建築するなんざそうない機会だ。勉強がてら黙って付いてきやがれ！」

「「「「「ヘイ！　親方!!」」」」」

おお……野太い声が揃うと迫力があるな。

それに大した統率力だ。

これは……かなりの出来を期待できると共に、俺も気合を入れねばなるまい。

「おっと？　ではご購入ということでよろしいですかね？」

「ああ、悪いな。この家じゃあんまりマージン取れないだろう？」

1000万だもんな。

数億の家に比べたら、マージンはかなり減ってしまうだろう。

「いえいえー。お金払いのいいお客さんは好きですからね。私のお仕事分のお金をいただけるなら構いませんよ。……勿論、私を買っていただいてもいいのですけど」

「それはまた今度な。それじゃあ契約してもらえるか？」

「おおおお！　了解です！　それでは、ご契約を――」

さて、ユートポーラで待っている間、俺にもやることが出来たな。

戻ってくるまでに、最高の温泉館を作ろうか。

「ふふふ……こんなボロ家を売る手腕……。マージンよりも管理者との契約数が増えそうですし、私にとってはいいことだらけですね」

……この案内人さん、本当に商魂たくましいなあ……。

―？？？ Side―

……今の男……一人は案内人だったみたいだけど、それ以外は美人を沢山連れた流れ人だったよな。

「真。早く早く！　七色イワナ焼きたてだって！」

「ん、ああ……すぐ行くよ。美香」

「まーくん。どうしたの？」

「さっきの男……あれが、多分……。いや……案内人といたってことはまだ暫く滞在するだろうし、もう少し様子を見てもいいか。……それより、まーくんはやめてよ……」

「うふふ。異世界だろうと、私にとってはずっとまーくんよ」

はあ……せっかく異世界に来たっていうのに、どうして幼馴染と一緒になんだろう……。

さっきの男……流れ人で美少女を多く連れていた。

俺が聞いた噂と照らし合わせても、間違いなくあの男だろう。

猫人族の子もいたし……。うん。間違いないな。

「ねえまーくん？　勝手に突っ走らないでね？」

「え、あ、う、うん。大丈夫だよ」

「……その言葉、何回こっちで聞いたのかしら……」

「大丈夫だって。美香も、美沙姉も俺が守るからさ」

二人がいるから、異世界ハーレムは諦めた。

というか、諦めざるを得なかった。

でも、もう一つの願望は叶えたい。

だから……。

「首を洗って待ってろよ……糞ハーレム野郎め」

「まーくん？　言葉遣いが悪いわね」

「あ、いや！　違くて！　ちょっと格好付けたかっただけで！」

「真遅い！　焼きたてだって言ってるでしょ！」

「ご、ごめん美香。すぐ行くから！」

……ま、待ってろよ……。

第三章　『冒険』への見送り

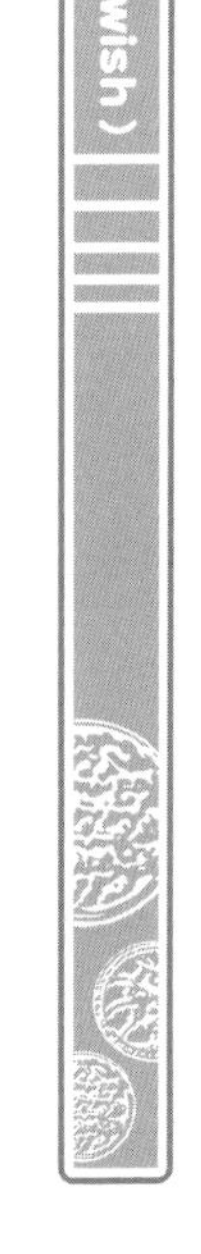

ユートポーラの宿に泊まった次の日の早朝。

朝早くから目を覚まし、まだ日も明けきっていないうちに俺達(たち)は門の前に集まっていた。

アイナは大きなリュックサックを背負っており、戦闘は出来そうもないのだが、その分ソルテとレンゲは軽装で、おそらくは二人が戦ってアイナを守っていくのだろう。

「忘れ物はないか？」

「勿論(もちろん)っすよ！　昨日も何回も確認したっすから大丈夫っす！」

「そっかそっか。あ、あとこれ持っていけよ。回復ポーションとか沢山詰めといたからさ」

手渡すのは俺の魔法の袋（小）だ。

効果の高い回復ポーション（大）や、万能薬（劣）など、冒険に役立つであろうアイテムを沢山入れてある。

「いいのか？　それは隼人(ハヤト)殿からの大切な……」

「いいんだよ。だって、絶対戻ってくるんだからな」

「主君……ああ。必ず戻ってくるとも」

そう言ってアイナが受け取るが、つけにくそうなので俺が腰へとつけてあげる。

「皆さん……気をつけてくださいね」

「ウェンディこそ主様が変な女に、あの案内人みたいなのに騙されないように気をつけなさいよ？」

「そうですね……はい。承りました」

いやいやいやそんなに俺はチョロくないぞ？

ちゃんと女性を見る目はあるほうだって自負しているからな？

「シロはなんか言わないんすか？」

「ん？　今は特にない」

「今はっすか？」

「ん。行く時に行ってらっしゃい。帰ってきたら、おかえりって言う」

「おー。じゃあ自分は行ってきますとただいまって言うっすね！」

シロとレンゲは屈託のない笑顔で笑い合い、ぐっと手を合わせていた。

「それではな、主君」

「ああ、待った！　その前に……」

皆からの注目を集め、咳ばらいを一つして魔法空間からアクセサリーを三つ取り出す。

取り出されたアクセサリーは、勿論俺が精魂込めて作った彼女達に渡すあのペンダントだ。

「「「わぁ……！」」」

「あーその、まあなんだ……安全を祈ってというか、俺からの餞別だ」

んんー改まると恥ずかしいな。

さりげなく魔法の袋に入れて渡すって手もあったかもしれないが、やはり直接渡すべきだろう。

「凄いっす！　きらっきらっすよ！」

「ああ、美しいな……」

「まあ見た目以上に実用的なんだけどな。能力は防御（大）に魔防御（大）、あとは耐状態異常（大）と、非劣化。それと、それぞれステータスの内の一つが（大）になってるから」

「能力向上（大）が四つって……」

「それに非劣化ってのもやばいっすよ……」

「これだけのものだ。デメリット効果はないのか？」

デメリットか……強いて言うならば、固有所有者ってことくらいだよな？

能力が下がるなどはなかったはずだ。

「んー、一応お前達しか使えないって扱いみたいだぞ。裏に名前を刻んであるから、お前らじゃないと、効果は発動しないみたいだ」

「なっ……」

「専用、主様が、私達のために……」

「っ……主君！」

「おおっ？」

三人がぎゅーっと抱きついてくるのだが、鎧越しなので実は気持ちいいよりも少し痛い。

あと、落としそうだったからな！　気をつけて！

「ありがとう主君！」

「ん、おう。大切にしてくれよ？」

「当たり前っすよ！　肌身離さずつけておくっす！」

いや、風呂の時なんかは外してもいいんじゃないか？

いや待てよ。一糸纏わぬ姿も良いが、胸元のワンポイントというのもオツな気も……？

「主様ぁ……」

「おいおいおいおいおい、ちょっと待てどうした!?　何で泣く!?」

「だっでぇ……嬉じくてえええ……」

おおお、いやそこまで喜んでくれるのは正直に言って嬉しいんだけど、服が！　腹を搔っ捌いた時のように服が涙と鼻水でぐしゃぐしゃになりそうだ！

「ああ、もう……よしよし。受け取ってくれるよな？」

「うんんー！　ありがどうー！！！」

泣きながら、笑ってらっしゃいます。

よしよし。いい子いい子。まったくよく泣くね君は。

「主君……。とても嬉しい。ありがとう」

「おう。喜んでもらえたなら俺も作ったかいがあったよ」

「あの忙しい中で作ったのだろう？　大切にさせてもらうぞ」

「あ、これがサプライズって言ってたやつっすか!?」

「おう。そうなるな」

「そういえば、荷台で隠れるように何かしていたが……これだったのか？」

「いや、あれはアイリスからの仕事だ。アイナ達のは、アインズヘイルで作って来たんだよ」

アイリスから頼まれたアクセサリーと、もう一つ……大事な案件があったのだ。

「こんなの……嬉しいに決まってるじゃないっすか……」

なはは、あー照れる。

顔が締まらなくなってきそうだから、とりあえず引き剝がして渡してしまおう。

「その……出来ればだが主君に着けてもらえないだろうか」

「ああ、わかった。よし、それじゃあ並んでくれ」

俺の声で三人が横一列に並ぶので右のレンゲから順番にだな。

「レンゲはこれな。いつも快活で、笑顔が華のように美しく、太陽のように暖かい。そんなイメージで作ったんだ」

「えへへ……照れるっすよぉ……」

クネクネッと動くレンゲのせいで、留め金を留め辛（づら）い。ちょ、動くなっての……。

「ご主人、んー」

「よし、終わったぞ」

「……いけずっす」

いや、口を伸ばしてキスしそうだなとは思ったのだが、こんな往来でするわけにもいかないだろ？

そういうのは帰ってきた後たっぷりな。

で、次はアイナだ。

「アイナは、やっぱり炎だな。象(かたど)られた炎は揺らがない。そして消えない。アイナの真面目で真っ直(す)ぐで熱いイメージを乗せてみた」

「私にとって炎とは忌むべきものなのだが、主君に褒められると素直に嬉しく思えるよ」

「俺にとってアイナはなんであろうと、変わらずアイナだからな」

「ふふ……。ありがとう、主君」

アイナが自分の長い髪を持ち上げ、首に回しやすくしてくれる。

「……どうだろうか？」

ふぁさっと上げていた髪を下ろし、流してクルリと回ってみせる。

「よく似合ってるよ。アイナの魅力が増して見える」

「ふふ、これで主君と離れていてもいつでも主君を近くに感じられそうだ」

アイナは何度も愛(いと)おしそうにネックレスを撫(な)で、その感動を心に刻んでいるように見える。

「えっと……最後はソルテなんだが……」

「ん……」

ぐっと胸を張り、上目遣いで見つめるソルテ。

もう涙は流れていないようだが、まだ瞳が潤んでいるように見えていた。

「本当、泣き虫だなぁ」

「うるさいわね……。いいでしょ、嬉し涙なら」

「はは、いいよな。俺も嬉しいよ」

ぽんぽんっと頭を軽く撫で、姿勢を低くして前から後ろに手を回し金具を留めようとしたのだが、ソルテが何故か留めようとするたびに動いてしまう。

「あのね、主様が私達を想って、こんな素敵なものを作ってくれて凄く、凄く嬉しいの。言葉で言い表せないくらいに嬉しいのよ」

「わかったから、動くなって……」

「だからね」

「着けにく……んん！」

レンゲ以上に留め金が上手く留められず、俺は段々とソルテが背伸びして顔が近づいて来ていたことに、気がつくことが出来なかった。

そして、気づいた時にはソルテの顔がとても近く、唇には柔らかい感触が……。

「「「ああっ！」」」

ふっと、間近に感じていたソルテが離れ、同時にネックレスは無事に着けることが出来た。

「えへへ。ファーストキスあげちゃった。あーあ本当は主様からしてほしかったのに」

触れ合ったのはほんの一秒あるかないかの出来事であったが、唇に残る感触も、近くに感じたソルテの香りもまだ残っているような気がする。

「お前なあ……」

「仕方ないじゃない。したくなっちゃったんだもん。この気持ちをどうすればいいのか、わからなかったんだもん！」

ソルテはクルリと回って、悪戯が成功した子供のように屈託のない笑顔でアクセサリーを撫でながら小さく舌を出して笑っている。

「もん！　じゃないっすよー！　そういうのは全部終わってからって言ってたじゃないっすかー！」

「そうだぞソルテ！　ちゃんとするって約束だろう！」

「えへへごめんね。でも、したくなっちゃったんだもーん」

「だからもんですますなっす！　ほら！　現正妻ポジのウェンディも言ってやるっすよ！」

「え、え？　正妻？　私がですか？　いいんですか？」

……ノーコメントで。争いの種は生まない主義なのです。

「あくまでも現状を自分から見た限りっすからね！　今そこに食いつかないでほしいっす！」

「えっと、でも……良い悪いはご主人様が決めることですし……」

良い悪いで言っていいなら、勿論良いですよ？　ええ、良いですとも。

「なーに言ってるんすか！　このままじゃおっぱい正妻のウェンディが、ちっぱいツンデレのソルテに正妻ポジを奪われるっすよ！　つまりこれは！　ご主人の好みが変わるかもしれない大ピンチってことっす！　おっぱいにはなれる可能性はあれど、ちっぱいにはもう自分達はなれないんすよ！」

「はっ！　ソ、ソルテさん！　殿方にいきなり口付けなんて、いけませんよ！」

「なーに言ってるのよウェンディ。私、知ってるのよ？　主様が寝た後……いつもの主様の寝相のアレが終わった後は、何をしても起きないからって毎夜毎夜――」

「ソルテさん!?　い、いいい一体何を言うつもりですか!?」

ん？　なんだなんだ？　興味のある話だぞ。

俺のアレ……はどうせ説明してくれないから置いといて、毎夜毎夜なんだ？

ソルテほら！　にやにやしてウェンディを挑発していないで続きをはよう！

「ん、主が寝ているのをいいことに何回も」

「シロも知っているのですか!?」

「当然」

「どうしてですか!?　皆さんが寝ているのをしっかり確認してから……はっ、まさか寝たふりですか!?」

「私はおっぱいだから、ウェンディに付けばいいのだよな？　うん。ウェンディならば別にアレくらいしても主君は許してくれると思うぞ？」

「アイナさんまで!?　許すとか、許さないとかじゃないんです！　は、はしたない女だと思われたくないんです！」

「んーまあ、正直寝たふりしながら羨ましくて歯を噛み砕きそうだったたっすけど、でも帰ってきたらアレくらいならしてもいいいってことっすよね？」

「そうなるわね。それに、アレに比べたら私が今したことなんて可愛いものじゃない」

「いや待つっす。それとこれとは別問題っす！」

……はは。やっぱり、湿っぽいのは俺達には似合わないよな。

こう、騒がしく、姦しいくらいがちょうどいい。

だから、早く帰って来いよ。

待ってるからさ。


「それじゃ、行ってらっしゃい」

「「行ってきます！」」


三人が笑顔で出発し、見えなくなるまで手を振ってくるので、それに応えるように見送ると、今度はシロへと視線を向ける。

シロは俺の視線に気がつく前から俺を見上げていて、視線が合うとコクンと頷いた。

「ん。それじゃあ、今度はシロが行く」

「へ？　どこにですか？」

「ん。シロは三人を陰から守りに行く」

「え!?　そうなのですか!?」

「ああ……俺が頼んだ」

シロまで危険なところへ送る俺を、ウェンディはどう見るだろうか。

怖いけど、しっかりと受け入れるためにウェンディの方を向く。

「そうですか……シロ。大役ですよ」

「ん。必ず成し遂げる」

「ええ。シロならば出来ると信じています。だから……絶対に、無事に帰ってきてくださいね」

よしよし、とシロの頭を撫でるウェンディに、シロは鬱陶しそうにしながらも少し嬉しそうに目を瞑(つぶ)って頭を振る。

俺は、責められてもおかしくはないと思っていたのに、ウェンディは俺を責めずにシロに頑張るよう伝えていることに驚いた。

そんな視線に気づいたのか、ウェンディが俺へと微笑(ほほえ)みを向ける。

「……私達の幸せは、ご主人様の幸せです。ご主人様が望むのであれば、私達は喜んでご主人様のためになんだってしてしまいますよ」

「っ……」

思わず、二人を抱きしめてしまった。

感情があふれ出して、とめどなくなって、顔を見せられないから。

「ごめん……俺、本当不甲斐(ふがい)なくて……。ダサいよな。格好(かっこ)悪くて、最低な主で……」

「そんなことはない。主は世界一格好よくて優しい」

「ええ。本当にお優しくて心配性で、誰よりも温かい心をお持ちの、最高のご主人様ですよ」

こんな俺に優しい言葉をかけてくれて、手を回して抱きしめ返してくれる二人。

だから、もっと優しく、ぎゅっと強く抱きしめる。

「ん……主にギュッとされるの好き」

「……暑苦しくないか？」

「少し暑い。でも、やめられない」

「なんだそれ……」

「ふふ。そうですね……よしよし」

「ずず……頭は、撫でないでくれよ……」

鼻をすすると詰まってたので鼻声だ。

あー……情けない。本当に、自分の弱さが嫌になる。

「それじゃあ、シロは行ってくる。匂いは追えるけど、先に潜伏しないといけない」

「ご飯は大丈夫か？　やっぱり……魔法の袋はシロに渡しておいても良かったんじゃ……」

シロは隠密行動をするし、あまり荷物も持っていけないのだから、魔法の袋があった方がいいと思っていた。

だが、シロは何とかなると言って、三人に回復ポーションを詰めて渡すように言ってきたのだ。

俺もどちらにするかで最後まで悩んでいたのだが、シロの後押しで三人へ渡すことにしたのである。

「ご飯は大丈夫。あっちでも補給できる。それに、今回のメインは三人だから、三人でクリアできるなら、それが一番いい。あと、シロにはこれがあるから」

そう言って頭を揺らすと、チリンと澄んだ音がする。

シロの耳の下には真新しい白銀の鈴がリボンと共にくっついていた。

以前シロにあげた『金鈴リボンの髪飾り』と同じデザインなのはシロの要望だ。

道中隠れながら作っていたのは、ここからアイナ達にプレゼントを察されないためである。

『聖銀の双鈴　防御（中）　魔防御（大）　耐状態異常（大）、耐精神汚染（大）』

オリハルコン鉱石が足らず、ミスリルだけで作ったものになってしまった上に、隠密行動をするのに鈴ってどうなんだと聞いたのだが、鳴らさずに移動もできるからこれがいいと言われたのだ。

ちなみに、古い方は今も大事に取ってあるそうで、シロの一生の宝物だと言っていた。

「……わかった。気をつけて行ってくれよ」

「ん。主、温泉楽しみにしてる」

「……ああ。最高の温泉で迎えてやるからな」

「ん……三人に背中は譲る。でも、主の前はシロが洗う」

ニシシシッと、悪戯っ子のように笑うと、シロは後ろを向いて最後に振り返り、手を上げて「じゃ！」と行ってしまった。

シロが見えなくなるまではあっという間で、見えなくなっても二人で見つめてしまうのだった。

「あ……そういえば、ご主人様の護衛は……？　わ、私が！　頑張ります！」

ぎゅうっとこぶしを握ってはいるようだが、流石(さすが)にウェンディに守られる気はないって……。

「いやいや。シロが手配したって言ってたけど……」

「シロがですか？　一体誰を――」

「はいはいは――――い！　それはあああ私でっす！」

「「……」」

朝からテンションの高い人が来たよ。

なんでこの人この時間に俺達がいることを知っていたのだろうか。

というか、案内人だろ？　護衛とかも担えるのか？

ただの商魂たくましい姉ちゃんではないのだろうか？

「何ですかその反応は！　シロさんからちゃんと委任状までいただきましたよ！　期間限定ですけど任せるって！　ほら！　シロさん直筆ですよ！」

そう言って見せてきたのは一枚の手紙で、確かにシロの文字で『案内人に頼んだ。実力的には大丈夫』と、書かれていたのだ。

え、シロ本当？　大丈夫なの？　苦肉の策とかではなく？

確かにお金さえ払えばお仕事はきちんとしてくれるだろうけどさ……。

「でもでも、お客様っておそらくですが流れ人ですよね？　私が護衛する必要なんてあるんですか？」

「あー……俺は戦闘能力は皆無だからな。ただの錬金術師なんだよ」

「おお、珍しいですね。なるほどなるほど。んふふふ。これはチャンス到来ですね。他の女の子が減った今……このお大尽を私の虜にしてみせましょう！　一人残っているようですがなあに、きっと我が姉のように奥手に見えますし、余裕でしょう……」

ほら。こういうことを俺らの目の前で聞こえるように言う人だよ？

でも、どうやら女性を見る目はないようだな。

だってウェンディは奥手ではない！

さっきも俺に何かしていたような話を聞いたし、自分から誘ってくる時は誘ってくるし、俺が誘うと喜んで受けてくれるような素晴らしい女性だ！

勘違いしないように！


三人を見送った後、俺とウェンディは案内人さんと共に件の屋敷へと赴くと、『アマツクニ建造木工組合』の人達が既に作業をするための道具を広げて手入れや準備を始めていた。

「……はあ。こんな時にシロがいてくれれば……」

「あははは。やだなあもう。シロさんがいないから私がいるんじゃないですか」

「それなら早く止めてください！」

「あははピンチではないようなので嫌でーす」

さて、俺の今の状況はというと……。

「ああ？」

「おおん？」

親方と現在進行形で睨(にら)みあっています。

超至近距離に青筋を立てた親方の怖い顔がありますが、一切引く気はありません。

「いいかド素人。簡単に言ってくれるなよ。てめえが考えているよりずっと難しいんだからな」

「いいか頑固親父(おやじ)。俺がやるって言ってんだよ。大体、そっちが同時進行でやってたら間に合わないだろうが。だから浴場は俺が作る」

「ああ？」

「おおん？」

さっきから何度繰り返すのだろうこのやり取りを。

いい加減理解してくれてもよさそうだというのに、頭が固くてどうしようもないな。

その固い頭で釘(くぎ)を打てるのではないだろうか？

「あのなあ……ド素人の分際で俺達の仕事に手を出そうなんざ百年早えんだよ！」

「あんたらの仕事は建物だろうが。それに木工じゃ、石材で出来ている浴場の加工は出来ないじゃねえか。だから、ここは俺がやるって言ってんだよ」

「ああ？」

「おおん？」

温泉は俺が作る。これだけは譲れねえ。

建物に関しては任せるつもりだ。だが、温泉に関しては俺の愛の方が絶対に強い。

「あのー……あの旦那、なにものですかい？　親方にたてつくなんて……」

「温泉が大好きな錬金術師のご主人様です……。その、普段はもっと温厚で優しくて、面倒事は避けるような方なのですが……」

残念ながら最高の温泉で三人を迎えるって決めているんだ。

他人になんて任せられるかってんだ。

「大体おめえ、浴場なんて作ったことあんのか？」

「ねえよ。どこの世界に浴場作ったことあります、なんて素人がいるんだよ」

「だったらダメじゃねえか。ほら、作業の邪魔だ。とっとと街にでもくりだして乳くり合ってこいや」

「乳くり合うために俺が作るんだろうが！」

馬鹿か？　馬鹿なのか？

あいつらが帰ってくるのに間に合うように、混浴をより素晴らしく実現させるために俺がやるって言ってるんだぞ？

やはり馬鹿だな。ばーかばーか。

「……堂々と言うんじゃねえ。いい大人が恥ずかしくねえのか！」

「恥ずかしくない！　俺は！　混浴のために！　最高の浴場を作るんだ！」

恥ずかしいはずがない。だって、今の俺の心は全てそこに向いているから！

四人が帰ってくる日までに、最高の温泉を作り皆で入る。それしか頭にはない！

「はー呆れたやつだな……。わかった。そこまで言うならてめえがやれ。ただし、早く完成させせようとして手抜きの駄作を作ったら俺が叩き壊してやるからな」

「上等だ頑固親父。てめえこそ俺の温泉に相応しくない建物建ててみろ。速攻で焼き払ってやるからな！」

ふん、っとお互い反対方向に向かって歩き出す。

すると、俺らのやり取りを見ていた若い衆達から拍手が起こっていた。

なんだ？　どうした？

そんなことよりも見てろよ頑固親父。俺の経験と脳内妄想による構想を。

元の世界でどれだけの数の温泉で、疲れを癒してきてると思ってるんだ。

わざわざ遠方まで一人で出向いて温泉に浸からなきゃやってられないことだってあるんだよ！


――紅い戦線 Side――


んふふ。うふふふふ。

「……ソルテたん。満面の笑みで敵を狩るのはどうかと思うっすよ」

「え？　私そんな顔してた？」

槍についた倒した魔物の血液のような液体を地面に払い、後方で魔物を殴り倒していたレンゲへと振り返る。

ドロップ品も落ちてはいるが、今回は荷物になるので食料になるもの以外は拾わずに進んでいた。

「してたっすよ。キリッと普段のようになったかと思えば、にへらってすぐに表情が緩んでたっす。もう何回目だって感じだったすよ」

「そうなんだ……。でも、でもさぁ……えへへ」

「全く……。これから闇洞窟の主を討伐するんすから、気を抜いたら駄目っすよ。そんなんじゃ、本当に死ぬっすよ」

それはわかってるけど……まだ洞窟にも着いていないし、このあたりの敵はたいして強くもないのだから余裕があるんだもん。

それに、私だけじゃないし……。

「そんなこと言って……レンゲだって、突然腰をクネクネさせて自分を抱きしめてたじゃない」

「はあ!? 自分がっすか!? そんなわけないじゃないっすか！」

「いや、レンゲも身悶(もだ)えていたぞ」

「えええええ!? まじっすか……？ 全然覚えがないっすよ……」

「まったく……二人共気が緩みすぎではないか？」

「……アイナも頬を赤くしてぼーっとしてばかりだからね」

声をかけても気づかないくらい何かを考えているようだったのよね。

それで、だんだんと顔を赤くして……一体何を考えていたのかしら。

「なっ、私がか？ 私は別にお前達の様子を見てただけで……いや、違うか。主君からのプレゼントがあまりに嬉しかったからな……」

そう。そうなのよ。もうね、本当に嬉しいの！

主様が私達のためにって、私達を想って作ってくれたアクセサリーが本当に嬉しいの。

「そうっすね……まあ、三人とも浮かれてるってことっすね」

「しょうがないじゃない。主様からのプレゼントだもの。それも手作りの……私達のためのものだもの。もう、きゃああ！って叫びながら走り回りたいくらい嬉しかったんだもの！」

「ソルテたんは嬉しさのあまり泣いてたっすもんね。アレは驚いたっす」

「し、仕方ないでしょ。自然と出ちゃったんだから……」

「いや待て。それよりもあの……キ、キスの方が問題だろう」

「そうっすよ！　なんで一人で勝手に突っ走ってるんすか!?」

しまった。思い出されてしまった。

言い訳言い訳……と、考えても言い訳なんてないのよね。

よし、開き直りましょう。

「だって……衝動的にしちゃったんだもん」

「だからもん！　じゃないっすよ！」

「そうだぞソルテ。自分だけ……その、ずるいぞ」

「うん、ごめんとは思ってるんだけど……でもね……止まらなかった……。区切りがつくまで駄目……って直前まで思ってはいたのよ？　でも、止まらなかったの」

「かぁー……乙女ソルテたんっすね。で、で？　どうだったんすか？　ご主人の唇は！」

「えーっとねえ……」

意外にも柔らかかったのよね……それで、くっついたところが凄く気持ちよかった……。

いっぱいいっぱい押し付けて、もっともっと触れてほしくなるような感覚で、やっぱり特別な行為だなって思えたなあ……。

主様の顔があんなに近くて……あ、いきなりチューして嫌われてないかな!?

いや、でも嫌そうな顔はしてなかったわよね……だ、大丈夫よね？

大丈夫なら……また……今度は主様からしてほしいな……。

「ソルテ？　ソルテー？　何を黙ってるんすか！　えーとの後はなんなんすか！」

「……内緒」

「はあ!?　ずるいっすよー！　なんで秘密なんすか！」

「だって、自分で確認した方が絶対いいもん。うん。絶対ね」

というか、恥ずかしいし……。

いくら昔からの仲間でも、流石に感想なんて言えないわよ……。

「キスか……」

「アイナもしたいっすよね!?」

「し、したいというか……その……恥ずかしさはあるのだがその……」

「何を恥ずかしがってるんすかー！　変なところでもっと大胆なことは出来るくせに！　ご主人に告白するんすから、キスくらいで恥ずかしがってちゃ、遅れを取るっすよ！」

「うう……いざ、こうしてしっかりと考えてしまうとな……。レンゲは恥ずかしくないのか!?」

「恥ずかしいわけないじゃないっすかー! こちとらもう全部! ゼーンブ恥ずかしいところは見られてるんすよー! 今更口と口をくっつけるくらいで恥ずかしがってらんないっすよー！」

そういえばレンゲって……確か主様に、その……剃られたのよね。

私も流石にそれは無理ね。恥ずかしくってボッコボコにしそうだし……。

うん。主様にはいっぱい私に触れてほしいけど、そうなる前に絶対に止めよっと。

「それにしても、主様ったら随分奮発してくれたわよね」

ペンダントを見ると、材料だけでも相当に高価なことがわかる。

それに、主様は錬金のレベルはもう9で、現状の最高ランクの錬金術師だ。

そんな人が作るアクセサリーってだけでも、かなり高価なもののはず。

「そうっすねえ……。オリハルコンにミスリル、それにダイヤモンドっすからね」

「ダイヤモンドか……主君は、ダイヤモンドを女性に贈る意味を知っているのだろうか?」

「……知らなそうよね。だって、そういうの疎そうじゃない」

知ってたら……嬉しいんだけどね。

でも、知るわけないわよね。

『永遠を誓う』なんて、結婚する二人が交換しあう指輪に使われていることも知らずに渡してきたんだろうなあ。

永遠か……ずっと、一緒にいたいなあ。

「でも……嬉しいっすよね」

「ああ……」

「そうね……」

三人とも足を止めて、主様からもらったペンダントを見つめる。

三人が三人ともダイヤモンドの埋め込まれた、お揃いのようでしっかりと違うデザインのペンダント。

「いいっすよねえ二人は自分よりもご主人と知り合ったのが早くて。自分も用事ほっぽり出してこっちにいれば良かったっすよ」

「それは仕方ないじゃない。タイミングよタイミング」

「そうっすけどう……。なんていうか、好きな人のことはなんでも知りたいじゃないっすかあ」

その気持ちはわかる。

主様が元の世界では何をしていたのかとか、子供の頃のお話とか、あとは……こ、恋人はいたのかとか聞きたいわね。

やんややんやと主様の話をして盛り上がっていると、いつの間にか目的地近くにある、私達が子供の頃に師匠に修行をしてもらっていた場所に到着する。

……さて、名残惜しいけど浮かれ気分はここまでね。

ここからは闇洞窟に近くなればなるほど魔物が強くなってくる。

浮かれたままだと、本当にもう主様に会えなくなってしまうかもしれないから気持ちを切り替えないとね。

「さあ、行きましょうか。冒険に」

「ああ」「っす！」

二人もしっかりと引き締まった顔つきになり、周囲を警戒しながら進んでいく。

心の中に主様はいるが、もうニヤつくことも妄想することもしない。


洞窟内部は暗いが狭くはないようね。

おそらくダンジョンとは違って、大型の魔物がここから外に出るってことかしら……おっと。

「……前方。足音……多分四足獣系ね」

「了解っす。自分がブロックするっすね」

足音から敵は一匹だということがわかるけど、何が出てくるかはわからない。

だから、先んじて陣形を取って有利に敵を倒して回復ポーションを節約していく。

今回は猪のような魔物のエビルボアだ。

突進することに特化した魔物で、鼻先から真っすぐに伸びる一本の角で相手を串刺しにした上で壁に叩き付ける特性を持っている。

本来であれば、Bランクのパーティがギリギリ勝てるくらいかしら？

でも、レンゲは正面からエビルボアの角を両手で受け止め動きを止めると、私が横腹を切り裂くように槍を振るって速攻で倒す。

「レンゲ。状態異常は大丈夫か？」

エビルボアの角先には麻痺毒があり、カスリでもすると動きが止まりそこを遠慮なく突進してくるためアイナがレンゲの心配をするのだけど、万が一にも受け損なうなどしないと思う。

「大丈夫っすよー。ご主人にもらったアクセサリーのおかげで全く状態異常にかからないっす！」

「ここの洞窟やけに状態異常系が多いわね……。まあ、主様にもらったこれのおかげで大分楽になってるけど」

ここはどうやら状態異常を与えてくる魔物が多いみたい。

対策をきっちりしていなければ早々にリタイアとなること間違いなし。

奥に進めば進むほど状態異常効果の高い魔物が出てくるのだけど、主様の作ってくれたアクセサリーの耐状態異常（大）のおかげで私達はかなり楽にすいすいと進んでくることが出来ていた。

「さて……っ！　何かいる」

「これは……随分と速いな」

「足音もしないっす……」

洞窟に入り、鋭敏化していく感覚をさらに尖らせていないとわからないほどの気配の小ささ。だけど速い上に強い……魔力が濃すぎて鼻が利かないのが厄介だけど……でも、私達の方に来るわけではないみたい。

……やがてその気配はだんだんと薄れていき、感じることがなくなるまでになってしまう。

「なんだったのかしら、今の……」

「わかんないっすね……。ただ、滅茶苦茶速かったっす。アレがボスっすかね？」

「いや、奥の方で嫌な気配がしているからな。おそらく、別のものだとは思うが……油断せず、警戒していこう」

「……っすね。奥の方から嫌な匂いがしてるっすもん」

「キツイ匂いよね……。鼻が曲がりそう……」

狼人族のレンゲと私は鼻が良い。

普段のダンジョンなんかであれば、匂いで相手の判別も出来るのだけれど、この洞窟では鼻を使うのはむしろ逆効果で目と鼻の奥が痛くなるのよね。

「……そろそろ夜営の場所を探さねばな」

「そうね。結構進んだし、外は夜かしら？」

「洞窟じゃあわかんないっすもんね。お湯沸かして浴びたいところっすけど我慢っすね……」

洞窟内は衛生的とはとても言えないような場所で、レンゲの言う通りお湯で体を洗いたいところだけど、残念ながら水は貴重なので使えない。

なので、少しだけお湯を沸かして布を浸し、それで拭っていくくらいしか出来ないのよね。

「それじゃあ、適当に挟み撃ちされないところを探しましょ。見張りは一人で交代制ね」

「ああ。二人は連戦で疲れているだろうし、初めは私が長めに見張りをしよう」

アイナは現状荷物持ちをしているだけだからか、率先して見張りを引き受けてくれている。

アイナが一番力持ち……っていうのもあるのだけど、大剣使いのアイナは洞窟内だと取り回しが少し難しいという理由もある。

　私も長物の槍だけど、突いて裂くだけなら出来るし小回りもきかせられるからね。

「はあ……主様のベッドで寝たいわ……」

「ご主人と一緒にっすか？　ソルテたんエッチエチっすね！」

「なんでよ。別に一緒に寝たからって常にそういうことするわけじゃないでしょ」

「……主君と一緒なのは否定しないのだな」

「な、なによう……アイナまでからかわないでよ」

「いや。まあ、私も出来るのなら主君と同じベッドで朝を迎えたいぞ。目が覚めたら、主君の寝顔がある幸せを感じたいと思ってしまっているのだがな」

　なによアイナも一緒じゃない……。

　私だって寝起きのまどろみの中で主様を見つけて、くっつきに行って幸せを感じたいだけだもん。

　なんで二人は同じように思っているくせに私だけからかうのよ……。

「いやあ、でもご主人のことっすから絶対寝ながらパンツの中に手をっ……前から這いずり音……でかいっす」

「アイナ、荷物下ろして……って、流石ね」

「ああ。おそらく……この音……ベノムバイトだろう」

　アイナが言うのは大型の蛇の魔物だ。

　大きな口と硬い鱗、巻き付かれれば終わりの長い体と毒の牙など厄介な魔物で、Ａランクの魔物。

流石、超高難易度のクエストね。

こんな魔物も普通に出てくるのだから、難易度の高さも頷けるというもの。

『クゥゥァ』

小さな唸り声を上げて、舌をチロチロと出し、顔を出したのはやはりベノムバイトだった。

いきなり好戦的な上に、洞窟の広がりとサイズからして、どうやらここはこいつの縄張りらしい。

「……こいつを倒しても奥に進むのが難しくなりそうだな」

洞窟の幅とほぼ同じ大きさってことは、魔石を破壊するまでは通せんぼされてしまうってことね
……。

はあ、水浴び出来ないのに……。

「まあ、倒して進むしかないんすけどね」

「油断しないでよ。丸呑みにされても、お湯は増やせないからね」

「お湯なしで粘液ぐっちょぐちょは勘弁っすね！　じゃあ、行くっすよ！」

硬い鱗だけど、さっさと砕いて切り裂いてしまいましょう。

返り血にも毒があるのだけど、主様のアクセサリーが私達を守ってくれるしね。

第四章　浴場を作る！

浴場を作る！　などと意気込んだものの、当然のごとくまずは湯舟以前に周囲の掃除と荒れた岩場の修復箇所の確認となり、それだけで数日を要してしまった。

流石にどうにも手が回らず、されど親方に手伝ってもらうなんてことは出来ないので、護衛とは言いつつも暇そうにこちらを眺めていた案内人さんを雇うことに。

そして今日はようやく本格的な作業に取り掛かれるようになったので、大きな大きな岩の前に案内人さんが立ち、俺はその姿を後ろで眺めていた。

「すぅーはぁー……」

深呼吸を一つしたかと思うと、足を引き腰を落として構えを取った。

「ふっ！」

そして、一息に大岩へと拳による突きを繰り出すと、カツンという音が聞こえ、案内人さんを見ると既に構えを解いてこちらへと歩いてきていた。

「はい。終わりましたよー。完璧です。てりゃ」

転がっていた小石を案内人さんが投げて大岩に当てると、大岩に出来ていた小さな丸い穴から亀裂が入りはじめ、大岩は砕け崩れていった。

「お、おおー……凄いな」

構想を練った結果、この岩邪魔だな……と呟いたところ、砕きましょうか？　と軽々しく言うだけのことはある。

「ふっふっふー。どうですか？　私、こう見えても結構強いのです」

「凄かったよ。恐れ入った。武器は何を使ったんだ？」

カツンという音と小さな丸い穴、突きを繰り出す瞬間に手首のアクセサリーが若干光ったのを見て、おそらく武器を使ったんだと思うのだが全く見えなかった。

「それは内緒です。乙女は秘密がある方が魅力的に見えるものなので！」

武器に何を使うかで乙女の魅力は関係がない気はするが、まああまり知られたくはないことなのだろう。

情報というのは知っている人が少ないほど露呈しにくくなるものだからな。

「ちなみに、この砕いた岩は何かに使うんですか？」

「ああ。小さくして丸めて使おうかなって思ってるよ」

「なるほどなるほど。じゃあ、ここら辺も砕いておきましょう」

俺の頭と同じくらいの大きさの石を手に取り宙に投げ、それをまた目にもとまらぬ早業で砕いていく案内人さん。

「ゲホッ！　ゲホッ！　うえええ。失敗しました！　砂がぁぁ、口に！」

「……そりゃあ、頭上で砕けばそうなるだろう」

「だって、こっちの方がパフォーマンス力高いじゃないですか！　目立って格好いい方がおひねりも多いんですよ！」

おひねりって……大道芸もたしなむのだろうか。

失敗を活かし、今度は地面に落ちたままの大きめの石をそのまま砕きはじめるのだが、何を持っているのか見えないほど速い。

これがシロやアイナ達であればわかるのだろうが、戦闘素人の俺の動体視力じゃあ黒い棒？　にしか見えず確証が持てない。

「ちょっとちょっとー。あんまりじろじろ見ないでくださいよう。女子力皆無行動で可愛くはないんですからー」

俺にアピールしても無駄だとそろそろ理解してほしいと呆れつつ、俺は座りながら小さな石を錬金で丸めては色を分別してまとめていくことにした。

これらの石は庭に敷く玉砂利として利用しようと思うのだ。

平たくて大きめの飛び石を置いて通路とし、玉砂利で埋めて灯籠を並べた純和風の庭園のようなイメージである。

「おおー……なるほど。ここに玉砂利を撒くのですね。意外とセンスがいいですね。なんだか、故郷を思い出します」

「ん？　案内人さんってもしかしてアマツクニ出身？」

「ええまあ。だから、あちらの方々が作る建物も良く知っていますよ。この感じなら、上手くマッチするんじゃないですか？」

そうだろうそうだろう。

やはり和風の、もといアマツクニ風の建物にはそれに合った温泉でないとな。

「それで、次のお手伝いは今作っている玉砂利を撒けばよいですか？」

「そうだな。一応どこに敷くか指定する線を後で書くから、それに合わせて番号通りに敷いてもらうと思う」

「うへえ。玉砂利も仕分けしてってって……そこまでこだわるんですか？」

「まあな。手抜きなんか出来ないよ」

だって、最高の温泉で迎えるって決めちまったからな。

手を抜くと、大手を振ってお帰りって言えなくなっちまいそうだから、細かいところまでしっかりと入念にやっていこうと思うのだ。

「しかし……中々高レベルの錬金術師ですね……。外で活動が出来るということはA級みたいですし、しかもお大尽様。顔も……個人的には悪くはありませんし、やはり気合を入れて唾を付けておいても良い御仁なのでは？」

「ん？　何か言ったか？」

「いえいえなんでもありませんよ。それじゃあ……」

「じぃー……」

「それをー……をー……あの、暇ですしお金がもらえるから手伝っていますが、私がやっていいんですかね？」

ん？　何がってああ……なるほど。

ウェンディが仲間に入りたそうにこちらを見ているのか……。

「……お手伝いしたいです。案内人さんだけずるいです……」

重い物や尖った石もあるので、ウェンディには休んでもらっていたのだが、どうやら手伝いたかったようだ。

掃除をする際は手伝ってもらったし、今手伝えないからって泣きそうにならなくてもいいと思うが……。

「そ、そうだな。それじゃあウェンディ、こっちに来て手伝ってくれるか？」

俺がお願いすると、ウェンディは花が咲くように満面の笑みを浮かべ、すぐさまこちらへと走ってくる。

走ってくるのだが、あんまり速くはない。

「おおおお……凄いですね。めっちゃ揺れてますよ！　ボインボインボイーン！」

「擬音をつけるなよ……」

確かに案内人さんの言う通りめちゃくちゃ揺れてはいるが、ここには他の男達もいるのである。

振り返ってみると、やはり当然ではあるが男達はウェンディに釘づけた。

俺が見ているのがわかると慌てて仕事に戻る者もいるが、気づかずに親方に怒鳴られている者もいたようだ。

まあ、あれだけ美人であれだけおっぱいが大きく、あれだけ揺らしていれば、男として目が釘付けになってしまうのは理解できるが、ウェンディは俺のもんだ。

「えへへ。ご主人様のお手伝いが出来ます」

もうね。俺の手伝いが出来るくらいでこんなに嬉しそうな笑みを浮かべてくれるとか、男冥利に尽きますわ。

性格良し、器量良し、おっぱいな上に献身的で大和撫子も驚く大和撫子っぷりだと思う。

「うわあ……これが女子力……っ！　あの、私石砕くの嫌になってきたんですけど……」

「そう言わないでやってくれ……助かってるから」

「えぇー……大丈夫ですか？　可愛くないとか思わないですか？」

「思わないから……案内人さんは十分可愛い女の子だと思ってるから……」

「お、なんですかなんですか。突然デレてどうしたんですか？　うりうり。今更私の魅力に気づいてしまったんですか？」

「……可愛い女の子はそんなことしちゃ駄目だろ」

うりうりで俺の後頭部にお尻を当ててくるんじゃないよ。

いいから君は石を砕いてくださいっての。

しかし、玉砂利の意図がわかっているからか小さく砕きすぎないのは本当にありがたい限りである。

しかも、大きさがおおよそ同じになるように砕いてくれているのだが、これは余程の技量がないと無理な芸当だろう。

……やはり、案内人さんはシロの言う通り相当強いってことだな。

こうして案内人さんは石を砕いて俺の近くへと運び、ウェンディは丸めた石が出来上がって、俺が印を地面に描くまで待機となったのだが……。

「……ウェンディ、見てて楽しいか？」

「はい！　とっても楽しいです！」

上機嫌で俺の目の前で中腰で膝に手をついて前のめりになって俺の作業を見るウェンディさん。

前のめりになっているせいでおっぱいが重力に従って下へと向かい、シャツの隙間が空いてしまって魅惑の谷間が俺にはばっちりくっきり見えて大変眼福でありがたいのだが、完全に集中力が妨げられている。

ま、まあ石を丸めるだけなら集中力はいらないし、あとちょっとで……いや、駄目だ駄目だ。

「あー……あのさ。石を丸めているだけだから、そんなにまじまじと見るものでもないと思うぞ？」

「いえ！　ご主人様は錬金をしている時は真剣な眼差しできりっとしてて職人のようでとても格好いいんです。それを見られる貴重な機会ですから！」

「そ、そっか。自分じゃわからないんだが……」

というか、俺はさっきまで谷間とスカートをちらちら見てただけなんだが……。

真面目な顔って、煩悩を振り払おうとしていた時だけのような気がするが……。

しかしウェンディに格好いいと言われると嬉しい上に妙に照れてしまう。

正面にいるから視線を合わせるとにやけてしまいそうで、手元に集中することにしたのだが、錬

金をしている時の顔が格好いいと言われたのでどんな顔をすればいいかわからなくなってしまった。

「うふふ。ご主人様」

ウェンディの口調から、俺が意識してしまっているのがばれたのだろう。

ウェンディの方を見なくとも微笑(ほほえ)んでいるであろうことがわかった。

そして、ウェンディは俺の後ろへと移動し、抱き着いてきて顔をすぐ横に持ってくると耳元にそっと口を近づけてくる。

「大好きです。ご主人様」

「っ……俺もだよ」

「ふふ。嬉しいです」

そう言うとぎゅーっと抱きしめる力を強くしておっぱいを押し付け、頬に唇を寄せてちゅと短く悪戯(いたずら)をするウェンディさん。

どうやら、夜たまに起こる愛情スイッチが入ってしまったようだ。

だが、普段よりも大人しめなのは、一応俺の作業の妨害にはならないようにとの配慮だろう。

……ただ、どれもソフトタッチなだけでむしろぞくぞくするというか、こちらが焦(じ)れてくるような感覚が――。

「おおう……なんですかこの究極的な甘い空間(アルティメットスウィイイツワールド)は。匂いすら甘く感じるんですけど。はーい！　お客さんの可愛い可愛い案内人さんが戻ってきましたよー」

……どうやらあらかた石を砕いた案内人さんが戻ってきたようだ。

助かった……と言うべきか、もう少しだけこの時間を堪能させてほしかったと言うべきか悩んでいると、ウェンディが今まで以上に力をこめて体を抱きしめ、おっぱいを押し付けていた。

「もう……邪魔しないでくださいよ」

「いやいやいや……まだお昼過ぎだっていうのに、こんなところで発情されて作業が止まっても困るのはそちらでしょうに……。あ、この時間からでも泊まれるいい宿ならご紹介しますが？」

「昼過ぎで作業が出来なくなるのは困るって……。というか、もう昼過ぎか……お腹すいたな」

「そうですよう……。お二人が食べないから私も食べづらいですし、お腹ペコペコです。良かったらどこかに食べに行きませんか？　いいお店知ってますよー？」

「あー……いや、どうせだから何か振舞うよ」

「おや？　料理が出来るので？」

「ふふふん。ご主人様のお料理は絶品ですよ！」

「なぜウェンディさんがドヤ顔なのかはわかりませんが、お客さんの作る料理には興味がありますね。もし本当に絶品でしたら、少しお触りさせてあげますよ」

お触りって……どこをだろうか。

どこでもいいのだろうか。だとしたらどこを……ぐぇ。

「……むぅー」

俺が何を考えているのか察したらしいウェンディが俺を抱きしめる力を強くし、頬を膨らませて不満を露にしていた。可愛い。

ま、まあ料理レベルが1の俺が作る料理が絶品にはならないだろう。

美味しくはあるとは思うが、きっとお触りを許してくれるほどではないと思うので、安心してほしい。

「親方達もまだ食べてないよな……女将さん達の方に行ってみるか」

女将さんとは、親方達の世話係としてやってきたアマツクニの女将さんである。

女将さん達は入り口の方で簡易テントを作り、そこに洗い場や休憩所を設けているそうだ。

調理器具なんかもそこで借りた方が野営用よりも作りやすいし、何か作っているようならそこに交ぜてもらおう。

「おや、親方に啖呵を切った坊やじゃないか。どうしたんだい？　もう音を上げたのかい？」

「坊やって年でもないんですが……いやいやむしろ親方の方が俺の作る温泉に見合う建物が出来ないと泣きついてくるかもしれませんよ」

「あっはっはっは！　言うじゃないか！　親方はアレでもアマツクニじゃあ屈指の職人だよ？　良い度胸してるね！」

「あー……確か、櫛職人の有名な方ですよね……。最近は建築の方をなさっているんですか？」

「おや、あんたはアマツクニ出身かい？　親方は櫛も作るが元々は建築がメインなんだよ。櫛の依頼ばかりでイライラしていたから、私達が使節団を作って建築が出来るようにしたのさ」

「おー暫く帰っていないのもありますが、知りませんでした。櫛職人の方が副業だったのですね」

どうやら暫く帰っていない案内人さんも知っているほど有名な人らしい。

オーバーラップ文庫＆ノベルス NEWS
文庫注目作
ちょっぴり小悪魔な女子大生の先輩と、個人レッスン！
小悪魔だけど恋愛音痴なセンパイが今日も可愛い1
著：遊歩新夢　イラスト：ひつじたかこ
ノベルス注目作
安全圏から射貫いて、楽々レベルUP!?
射程極振り弓おじさん 1
著：草乃葉オウル　イラスト：あんべよしろう
2008 B/N

櫛のような細かい造形も得意なのであれば、間違いなく上等な建物が出来上がることだろう。

「それで、あんたは何しに来たんだい？」

「ああ、調理場を借りられないかな？って」

「昼飯かい？　それなら、あいつらの分も頼めないかい？　アマツクニからの食材供給が遅くてね……こっちの食材は、ちょっと私達じゃあ扱いきれないものも多いんだよ」

「そういうことなら……あ、それなら米を渡すから握り飯なんかを作ってもらえますか？」

「おや、いいのかい？　米はこっちじゃ結構するんだろう？」

「そうですね。だけど、親方達にはいいもんを作ってもらうんで。英気を養ってもらわないと、後でそれが原因だとか言われても困るんで」

「あっはっはっは。本当に肝が据わってるね。わかった。ありがたくいただくよ。……ところで、その子はあんたのいい人かい？」

痛い痛い背中叩(たた)かないで、どうしてこの手の恰幅(かっぷく)のいいおばちゃんは背中を叩きたがるのと思っていると、ウェンディを視線で指したので頷(うなず)いた。

「そうかいそうかい。それなら、あんたはちょっとこっちに来な」

「へ？　へ？　ご主人様あああぁぁー！」

お、おー……ウェンディがあっという間に女将さんに連れられて行ってしまった。

ま、まあ危険はないだろうが、一体何だろうか……。

「なんでしょうね？　様子見てきますか？」

「ああ、頼んでいいか？　こっちは始めておくからさ」

「了解です！」

シュタタッ！　と、シノビのようにあっという間にいなくなった案内人さんを見送り、俺は昼食の準備をし始める。

昼からは重いかもしれないが、肉体労働で腹も減っているだろうしここはやはり肉だろう。

ブラックモームとキングピグルに香辛料をまぶして焼きながら、焼いた油を使ってソースを作り、同時に煮込みも作り始めると、いい匂いが立ち込めてきた。

ああ、腹が減ってる時にこの匂いは凶悪だよな……と、味見と称して一切れ食べる。

相変わらずシンプルな料理だが、材料がいいからかやはり美味い。

「ああーつまみ食いしてますー！」

「んっん……味見だ味見」

どうやら案内人さんとウェンディが戻ってきたようだ。

まあ、心配するようなことではないとは思っていたが……。

「ん？　ウェンディはなんで落ち込んでいるんだ？」

「ああ……少し増えちゃいました……。ううう……増えちゃいました……」

ドヨーンとした空気をまとって、目に見えて落ち込んでいるウェンディさん。

小さい声で何か言っているようだが、料理の音であいにくと聞こえない。

「別にウエストが１㎝増えたくらいいいじゃないですか。誤差ですよ誤差！」

「っ！　なんでご主人様の前で言っちゃうんですか！　ご主人様違うんです！　８㎜です！　１㎝じゃありません！　ご自分が細いからってぇ……」

「いやいや、そのウエストでそのバストが手に入るなら交換したいくらいなんですけど……なんですかこれ。天物でこれとか……」

そーっと案内人さんがウェンディのおっぱいへと手を伸ばすのだが、ウェンディはすかさず案内人さんの手を摑んだ。

「……ちょっとくらい触っても良いじゃないですか！」

「駄目です！　このおっぱいは全部ご主人様のものですから！」

「女の子同士ですよ？　全然、全く問題ないですって！」

「駄目です！」

「ふふふ。意外と強いと名高いこの私の力に対抗するなんて……あれ？　いったいこの細腕のどこにそんな力が！」

「愛の力です！　ご主人様のものには指一本触れさせません！」

ぐぬぬぬっと、二人でプロレスの手四つのように両手を摑みあっているのだが、ここは調理場だ。

もし万が一料理をひっくり返すと煮込みや油などで危ないので魔法の静止の呪文を使うとしよう。

「……ウェンディのおっぱいに触ったら減給だからな」

「はいやめます！　すぐやめます！」

キレよく気を付けの姿勢に戻るので、ウェンディがバランスを崩していたのを受け止めると、ウェンディは俺に感謝しつつ案内人さんを警戒しているようだ。

まあ、減給と言ってあるのでもう勝手に触ろうとはしないだろう。

その後は匂いにつられて集まってきた職人達に飯を振舞いつつ、女将さんがウェンディに握らせたおにぎりを頬張って昼飯を平らげる。

かなりの量の肉を焼いたのだが、一欠片と残らなかったのはあっぱれだ。

案内人さんが満足したのかどうかはわからないが、満腹にはなったようであった。

そして昼食後には玉砂利を大量に作りそれらを敷き終え案内人さんを宿へと帰す。

「……ご主人様。夜になってしまいましたよ？」

「ああ。大丈夫……あと少しでキリがいいから、そこまでやってからにするよ……」

「……あまり無理は、駄目ですよと言いましたのに……」

「無理じゃないからな……ごめん。案内人さんと一緒に先に帰っても良かったのに……」

「いえ……ご主人様が終わるまでお待ちします……」

まだまだやることが多く、次は風呂場回りの苔を落として、風化して角ばった岩場を錬金で丸く滑らかにして……と。

約束通りキリがいいところで終わりにして宿へと戻り、倒れるようにベッドで横になるとあっという間に寝てしまい、また朝がやってくると作業をしに現場へと向かう。

昨日は風が強かったせいかまた少し枯れ葉や枝が落ちていたのでそれらをまず清掃し、全体的な景観を確認しつつ実際の使用感などの確認も含めて錬金で均して……と、少しずつこなしていくが、流石に作業量が膨大で三人じゃ手が回らなくなってくる。

「ウェンディ、いけるか？」

「はい！　大丈夫です！　『水斬(ウォータカッター)』」

ウェンディが魔法を使うと半月のような形の薄く広い水の刃が現れて、湯舟付近の大きな岩を根っこの方から斜めに切り裂いた。

大きめの石を切りたくて案内人さんに頼もうかとも思ったのだが、ウェンディが出来ると言うので任せてみたのだ。

あとは切り口が鋭いので肌を切ってしまわぬように錬金で調整しつつ、表面もなだらかになるようにと均していくと、石のベッドが出来上がる。

湯には触れない高さで、ここでのぼせぬようにと休憩や、足だけをつけるなども出来るだろう。

「よし……次は……とと……」

「ご主人様……無理をしすぎでは？　魔力ポーションも飲みすぎると中毒になってしまいますよ……」

流石に連日連続して使いすぎたのかふらついてしまい、出来たばかりの石のベッドに座らされてしまった。

「ここは私がやりますから、少し休んでいてください」

「ああ……悪い。少しだけ休むよ」

ここで倒れでもしたら俺しか出来ない工程もある以上、余計に時間がかかってしまう。

だから大人しく休ませてもらい、ウェンディには水を使って張り付いた苔やごみをはじき出してもらいつつ、湯舟を洗う水を張ってもらったのだが……。

「ご主人様……これは……」

「貯まらないのか……」

ウェンディが水の魔法を放つ先から、水が石の隙間から地面へと吸収されていってしまう。

「あっちゃあ。長年手入れもしていませんし、雨風で接着部が弱まったか、それとも地震で地盤がずれたかですかね……」

「まじか……」

「いっそのこと錬金で一枚の石板にしてしまっても良いのでは？」

「うーん……。出来ればこのまま、自然の岩が集まって出来ているようにしたいんだよな……」

案内人さんの提案もわかるのだが、それだと無機質すぎる気がするのだ。

温泉……というより、入浴施設に思えてしまう。

せっかくなのだから、出来れば露天の温泉にしたいという、俺の妙なこだわりである。

「それなら、ヘドロスライムでも狩って来ましょうか？」

「ヘドロスライム？　スライムなら来る時結構見たけど、そんなのいたっけな……？」

「ヘドロスライムは巣穴からあまり出ませんからね。接着用の素材を落とすので、それに細かい砂を混ぜれば水もお湯も通さず、石と石をこのままくっつけられますよ」

「そうなのか。……案内人さんは、なんでそんな知識まであるんだ？」

「ふふーん。知識や経験はなんだってあるに越したことはないんですよ。今回も知っていたからお客さんのご希望に添えましたしね！」

そうだな……。

学生時代これ何に使うんだって思う知識も、未来の自分は使う可能性があるのだから勉強した方が良いに決まっている。

……まあ、大体それに気がつくのは大人になってからなんだけどな。

「じゃあ頼めるか？　細かい砂は……」

「そのあたりの石を砕いて作ってもいいと思いますが、お勧めは業務用の温水耐性のある砂を買ってきた方が長持ちすると思いますよ。多分これ、普通の砂を使った結果でしょうしね」

おお、本当に知識量が多いようでだんだんと知的に思えてくる。

俺が社長ならば是非秘書になってもらいたい。

タイトスカートをはいて、前かがみになってお尻を突き出してもらい、下着の跡が見えるような誘惑を毎日してもらいたい。

「それじゃあ俺達は業務用の砂を買いに行くとするか。悪いけど、案内人さんは一狩り頼めるか？」

「はいはーい。あ、買取ってことでいいですよね？」

「勿論。ただし、ふっかけないでくれよ？」

「了解でーす！　それじゃあ、街の方まで一緒に行きましょうか！」

そう言うと俺の腕を取り、ぱいを押し付けてくる案内人さん。

そんなことをするとウェンディが怒るか、反対側の腕を取りにくるかな？　と思ったのだが、ウェンディが来ない。

どうしたもんかとウェンディを捜すと、ウェンディは案内人さんの腕を引っ張っていた。

「お？　おお？　まさかまさかの私ですか？　お買い上げですか？」

「ち、違います！　そうじゃなくて……ごにょごにょ」

「ああー！　なるほど！　それは良い作戦ですね！　ぜひそうしましょう！」

ウェンディのごにょごにょは聞き取れなかったのだが、どうやら作戦があるらしい。

……一体何に対するどんな作戦なのだろう。

「あ、あのご主人様。ちょっと、ちょっとだけ待っていてもらってもいいですか？」

「ん、ああいいけど……」

「それじゃあ、入り口で待っていてくださいね！」

「ぜひお楽しみにっ！　あ、ちょっとウェンディさん!?　引っ張らないでください！　急がば回れですよ！　危なっ！　転んじゃいますって！」

ウェンディに引っ張られながら案内人さんと二人で去っていったのは女将さん達の方だ。

んんー……気になるが、入り口で待っていろと言うのだから、大人しく待つことにしよう。

それから少し待って、流石に階段から見下ろすユートポーラの景色にも飽きてきた頃、カランと、木の乾いたような音がして振り向くと……。

「お、お待たせしました……」

「遅かったな。どうし……」

そこには……天使がいた。

知ってるか？　天使って、浴衣を着ているんだぜ？

髪を上げてうなじを見せ、透き通る肌を覆うのは濃紺がベースの花柄のあしらわれた浴衣。

帯はシンプルなもので、中央に帯留めがあるのだが……おっぱいが見事に帯の上に乗って形を残し、いわゆる乳袋のようになっている。

「あ、あのあの、本来ならば専用の下着で布を挟んで凹凸をなくすそうなのですが……これ以上挟むと太く見えるらしくて……」

「いや、素晴らしい……」

裸の時とは違う、着衣しているにもかかわらずばっちりとおっぱいの美しさがこれ以上ないほど出ている着こなしだと俺は思う。

むしろウェンディの大きなおっぱいの魅力を前面に押し出さずして何が着こなしなのだろうか。

和服は清楚な着こなしを求めるものだと当然思いはするが、今ここにいるのが天使なのだから、清楚以外の何ものでもないと思う。

ああ、素晴らしい……。

思わず拍手をしてしまい、後ろを向いてもらうと髪が上がっていることで当然うなじが見えてまたこれがもうっ……もう堪らぬわっ！

「自分で着付けしたのか？」

「いえ、この前女将さんが私のサイズを調べてくれて、手伝っていただきました……」

この前って言うと、あの落ち込んでいた時か。

なるほど。だからサイズがどうこう言っていたんだな。

だが女将さんありがとう。素晴らしいものを見せてもらったよ！

「あのあのあのー……私もいるんですよー。気づいてくれませんかー？」

おっと、そういえば案内人さんも一緒に行ったんだった忘れていた。

どれどれ……おお……。

「やればできるじゃないか……っ！」

「あれ？　大分侮られてませんか!?　私アマツクニ女子ですよ!?　浴衣なんて当然似合うに決まってるじゃないですか！」

自信満々なだけはある。

髪形は普段通りではあるが、黒っぽい髪と当て布をして凹凸をなくしたスタンダートな着こなしである。

スタンダートであるがゆえに清楚に見え、足首や胸元などの僅かな素肌に色気を感じる出来栄えだ。

手首に標準装備なのか、残念ながらアームガードとアクセサリーがあるのは仕方ないのだろう。

更にこれは……っ。

「……案内人さん。下着は着けていないのか？」

「当然です。それが浴衣の流儀ですから」

流石だ……ガシッと握手を交わしたよ。

浴衣は本来入浴後に着るものであり、暑い季節に涼しく快適に寝るための室内用のものだ。

外出しないことを前提としているので、当然下着は着けないもの……なのだが、最近は着けることが一般的であるからな……。

下着の凹凸が出ないようにするなどの理由もあるが、浴衣越しに見える下着のラインにもドキッとする場合もあるのが悩みどころであるものの裸浴衣は男のロマンと言えるものだろう。

「まさか、本当に着けないのが流儀なのですか……」

「いやいや。着けていてもいいんだよ。移動する時とかは着けていた方が脱げにくくて良いらしいしな」

浴衣に下着を着ける理由の大きな理由はそれだ。

下着を着けていないとはだけやすく、隙間から色々と見えてしまうからな。

ウェンディを街中でそんな目に遭わせるわけにはいかない！

「あれ？　でもその格好のままスライムを狩るのか？」

俺とウェンディは買い物だが、案内人さんはヘドロスライムを狩りにいく予定だったはずだ。

流石にそのままじゃあ難しいと思うのだが……。

「んんーなんとなく誘われるままに着てしまいましたが、狩れなくはないですね。ただ、汚さぬようにするため、少し時間はかかるかもしれませんが」

「ほーう。流石は案内人さん」

かなり動きづらそうなんだがな……本当に強いんだな。

「……まあ、ソロなら暗器として武器を使う必要もありませんしね……」

「ん？」

「なんでもないですよー。さあさあ、お早くいきましょう。美女二人を侍（はべ）らせて歩けるだなんて、よっ女たらし！」

「あ、待ってください！　歩きづらいのでゆっくりお願いします……」

右腕をウェンディが抱きしめるように胸に抱え、左腕を案内人さんが体に押し付けるように抱えた結果、まさしく両手に花の状態になってしまった。

街ゆく人は、珍しい浴衣姿の美人に目を奪われつつ、羨ましさと憎さを足して二で割らない感情を俺へとぶつけてくる。

まあ俺としては気持ちもわからなくはないのだが、そんなことよりも案内人さんの微妙に押し付けてくるぱいのテクニックに驚いていた。

ウェンディはずっとおっぱいを押し付け続けるようにぎゅっと抱きしめた常時幸せ型なのだが、案内人さんは絶妙な力加減により起伏のある抑揚型なのだ。

触れているか触れていないかわからない状態から、一気に圧を感じるほど肉薄してくるなど、臨場感がすさまじい。

まるで肘でぱいを揉（も）んでいるかの如（ごと）き効果である。

「あ、お客さんここのチキンスパエッグはおすすめですよ！　是非食べるべきです！」

さりげなく腕組みから手つなぎへと変わり、体を開いて全身を使っての道案内。

俺が店を見る際にはすすっと腕に抱き着きなおすのも見事である。

「スパエッグ……ああ、温泉卵か」

「そうですそうです。温泉で温めた半熟のチキンスパの卵をとぅるっと頂くんです！　濃厚で塩味が強めで、味付けなしでいけちゃうんです！　それがまたアマツクニのお酒と合うんですよ……」

ほうほう……温泉卵は好きだぞ俺。

というわけで、三人分を買い、外に置いてあるテーブルの端の方で頂くことにした。

「おお、まんま温泉卵だな」

半熟の黄身と白く濁ったどぅるどぅるの白身。

普通の鶏の卵よりは大きいのか、中々のボリュームだ。

「じゃあ、一口……」

とぅるっと一口で頂きたいところだが、流石に大きすぎるので黄身を割って流し込むと確かに濃厚だ。

塩気は黄身から出ているのか白身と食べると良い塩梅で、美味いのは勿論だがこれはつまみには最適だろう。

「ご主人様。美味しいですね！　ちょっとだけ塩気が強いですが……」

「だな。でも、白身も一緒に食べるとちょうどいいくらいになるぞ」

「そうなんですか？　ん……んん……はあ。美味しいです……。これは、シロやアイナさん達にも召し上がっていただきたいですね」

「そうだな。それじゃあ、買っておいて保存しておこうか」

「はい！　ご主人様の分も買っておきますね」

「おう。ウェンディも食べたかったら好きなだけ買ってきていいぞ」

「も、もう！　そんなにいっぱいは食べませんよ！」

ウェンディは器を置いて追加でチキンスパエッグを買いに行き、それを見送ると案内人さんがコトッと小さな瓶を取り出した。

「ふっふっふ……どうです？　アマツクニのお酒です」

「なんだと……」

「しかも、私チョイスで一番この卵に合うお酒ですよ。残念ながら熱燗にはできませんでしたが、ぬる燗でも美味しいですよ」

「……いくらだ？」

「三万ノール……と、言いたいところですが、何も言わずともチキンスパエッグを奢ってくれたので、気前よくサービスします。ただし、一杯だけですよ？」

小瓶で三万って……随分高い酒だな。

まあ、アマツクニ産のお米も基本レートよりは上がるので、俺がユウキさんから買ったお酒よりもいい物なのだろう。

だが、タダだというのならばありがたくいただこう。

案内人さんが取り出した小さなコップに注いでもらい、チキンスパエッグを黄身と白身を同時にいただき、コップに入った酒を一口。

「ほぅ……」

チキンスパエッグの濃厚な味わいに負けないような酒の味。

濁り酒に属するこの酒は、少し米独特のくせはあるものの、まず一発目にガツンと日本酒のような口あたりの後に、すっと鼻に抜けるようなお米の優しい風味を残して消えていく。

「美味いな……。これは、はまる」

「ふっふっふー。甘い。甘いですね。この飲み方で一番美味しいものをお見せしましょう」

そう言うと案内人さんはお椀（わん）を傾け、全部を一口で飲み込むと自分の分として注いだコップのお酒を飲みほした。

「ぷはぁ……これです」

豪快だ……だが、確かにその満足気な顔を見るに美味そうである。

「ん？　おい、案内人さん、胸元！　白身がこぼれてるぞ」

「へ？　わわわわ、垂れてくる！　浴衣に付いたら弁償が！」

……いや、垂れてきて弁償が嫌で慌てたのはわかるけどさ。

手で押さえずになんで両手で胸を寄せて止めたのさ。

慌てたせいかさっきまでは清楚な着こなしだったはずが、いつの間にか胸元ガバーッとなってしまっているし……。

あと、なんか白身のせいで物凄くいやらしい状態になってるんですけど……。

「お……？　これは……利用できるのでは？」

「いや、何を企んだ顔をしてるんだよ……早くどうにかしなよ……」

「ええーだって、見ての通り私は手が出せません。だから、取ってください！」

ま、満面の笑みでなんてことを言うんだこの子は……。

だが、俺を甘く見えるなよ？

大義名分さえあれば、俺はたじろぐことなく拭くことが出来る男なのだよ。

こういうのは、ささっとさりげなくやってしまえば、いやらしさなど出てこないものなのだ！

よし、ハンカチを取り出して紳士的に……。

「何をしてるんですか？　そんな無粋な真似を……口で……取ってくれますか？」

……はい？

んんん？　聞き間違いか？

『え？　なんだって？』を使わない男代表の俺が、まさかの聞き逃しを犯したのだろうか？

その胸元にある白身を口で……？

谷間酒ならぬ、谷間温玉をさせてくれると……？

「ほらほらぁ、垂れちゃいますし、早くしてくださいよう」

「いや、流石にまずいだろ……。ここ外だし……」

さっきはたじろがないとか言っていたが、それとこれとは別問題だ。

これはたじろがないわけないだろう！

いかに紳士でもさりげなく口で吸い取るなんて出来やしない！

「誰も見てませんよう。ただでさえ端っこの席なんですし、店内からもここは死角です。ぱぱっとしてしまえば気づかれませんよう」

「いや、だからって……というか、これも有料サービスだろ？」

「んんー偶然の事故ですし、お代はただで結構ですよ」

「……ただ？」

案内人さんが、このお金への執着を隠そうともしていない案内人さんがただ？

なんだろう。美人局（つつもたせ）か？　いや、だが護衛として一緒にいる以上、信用を第一と考える案内人さんがするわけない。

「怪しまれてますね……。別に何もないですよう。なんというか……お客さんはお金払いも良いですし、むしろ護衛料とは別に案内料もちゃんと払ってくれている上にお手伝い料まで頂くと流石に貰（もら）いすぎかなと……。あと、気に入られておこうかなという気持ちはありますよ。私、こう見えて人を見る目はあるんです。お客さんとは、またご縁がある気がしますしね」

何やら褒められている気がするのだが、当の案内人さんは自分のぱいを両サイドから持ち上げつつ寄せていて、谷間やぱい上には温泉卵の白身がある状態だ。

「ほらほら……ウェンディさんも今はいませんし……少しくらいならペロペロッて。ワンちゃんみたいにペロペロしてもいいんですよ？」

案内人さんはお酒が入っているせいか、瞳を潤ませて楽しそうにし、妖艶な雰囲気を醸し出しながら微笑むと耳元で声を潜めて誘惑してくる。

た、確かに……谷間温玉なんてチャンスはもうないかもしれない。

もうそんな機会がないのなら一度くらいは……いや、駄目だ！

こんな出会ったばかりの女性の谷間に顔を埋めて温玉をすすり、あまつさえぱいにもついた白身をペロペロ舐めるなんて、オリゴールを罵れないくらいの変態じゃないか！

「あはっ……難しく色々考えているようですが、体は正直ですね……」

へ？　あれ？　いつの間に俺の目の前に谷間が!?

まさか、頭とは別で体が勝手に……っ！

ああ、これはもう無理だ。止まれない。

止まれないのだから、もう体に任せて――。

「ああああー!!」

突然の叫び声に反射的に背筋が伸び、谷間へと倒れかけていた俺の体が起きる。

ほうっとしていた頭がすぐに鋭敏になり、声のする方を見ると両手に袋を抱えたウェンディが涙目でこちらへ歩いてくるじゃないか。

「な、ななな……何をなさっているんですか！」

何を？　何をって……谷間温玉……なんて言えるわけもなく……。

「あーあー。惜しかったですね……。うんしょっと……」

案内人さんは片手で胸を寄せたままにしつつ、自由になった方の手で浴衣をまさぐり小さな布を取り出すと自分の谷間や温玉が垂れたあたりを拭いていく。

……自分で出来るのかーい。

「ウェンディさん慌てないでください。見ての通り、こぼしてしまっただけですよ。お客さんは……私がお出ししたお酒が少し強いのでふらっとしてしまっただけでしょう」

「むぅう……本当ですか？　私にはそのこぼしてしまったものをご主人様がお口で綺麗にしようとしていたように見えたのですが……」

はい。その通りです。

ウェンディのおっしゃる通りになる寸前でした……。

「まさかー。そんな変態チックなことをするわけないじゃないですかー。ねえ？」

「そ、そうだとも。まさかそんな、人の往来のある外でなんてなあ！」

「……」

ごめん大根で！　せっかく案内人さんが驚くほど自然に擁護してくれているというのに、慌てて大根芝居のようになってしまってごめんなさい！

やっぱり演技は下手でした！

「……わかりました。今回は不問にいたします。……ご主人様。買ってきた卵の保存お願いしますね」

「あ、ああ。勿論だ。ちゃんと保存するぞ……」

ふう……なんとかなったか。

危なかった……もう少し俺が早かったら、ウェンディが戻るのが遅かったら、言い逃れも出来ない状況になっていただろう。

……惜しかったなんて少しも思ってないぞ。

「んふふふ。さて、私はお先に一狩りするとしましょうか。この浴衣じゃあ時間がかかるので、急がないとお二人とのお夕飯に間に合いませんしね！　スパエッグご馳走様でした！　あ、お買い物は隣の店舗で揃うと思います！　それでは！」

動揺している俺とは対照的に、早々に走り去っていってしまう案内人さん。

肝が太いのか、手慣れているのか……どちらもな気がするな。

「じゃあ、俺らも砂を買って少し街を見てから帰ろうか」

「……はい」

ウェンディが俺の腕に抱き着き、歩き出そうとしたのだが、ウェンディが進まずにいたので振り返る。

「どうした？」

なにやらモジモジしていて、言いたいことが言えないというか、言うべきか言うまいか迷っているような様子のウェンディ。

顔も少し赤くなってきているようで、恥ずかしそうにしているのだがぱっと顔を上げて俺と目線が合うとより顔を赤くしながらも小さい声で……。

「……あの、ご主人様がなさりたいのであれば、私はなんだって受け入れますよ？　幸い、卵は沢山買ってありますので……」

「っ……」

ばれて……いや、それよりもウェンディが谷間温玉を……。

ウェンディの！　おっぱいで！　谷間温玉を!?

「は、はしたないですよね……ごめんなさい……忘れてください……」

「いや、その……もしかしたら、頼むかもしれない……。その……お酒でも出来るしな……」

「……はい。いつでもお待ちしております」

食べ物で遊んではいけないと小さい頃から教えられてきた俺だが……ウェンディが恥ずかしがりながらも勇気を出して言ってくれた想(おも)いを無駄にするわけにはいかないだろう。

それに、ウェンディの谷間温玉や谷間酒だなんて、正直に言って見てみたいしとしてみたい！

だからここは魔法の言葉を使わせていただこう。

使用したチキンスパエッグとお酒は俺(スタッフ)が美味しくいただきました！

――？？？　Side――

あ、あの野郎！

あんな美人を二人も侍らせて抱き着かせて歩いてやがる！

しかも浴衣であんなにも胸を押し付けさせてだなんて！

「ねえ真。あの人がそうなの？」

「ああ、間違いない。黒髪黒目で、しかも浴衣を着せてるなんて間違いなく『流れ人』だろう」

「うーん……聞いてた噂とちょっと違うような……。そもそも、女の人って二人だったっけ？」

「いや、実はあいつらが来た時に見かけたんだけど、他にも多数の女性がいたから間違いない」

その中の一人が奴隷で、あの巨乳の女の人も奴隷だった。

あのハーレム野郎め……きっと奴隷の女性だからってあんなことやこんなことをしているに違いない。

羨ま……じゃなかった。そんな極悪非道なことは俺が許さない！

「ねえまーくん」

「まーくんはやめてって……」

「それで、どうするの？」

「え？」

「もう行っちゃったみたいよ？」

「え、あ！　くっ……逃げ足の速いやつめ……」

さっきまでそこにいたはずなのにいつの間にか姿を消している。

もしかして気がつかれたのか？

そうだとしたらやはり手ごわい相手だ……。

だが、俺は汚い手は使わない。

正面から真っ向勝負を挑んでやる。

「……せいぜい今を楽しむがいいさ。俺が、俺こそが正真正銘の――」

「真、悪人っぽいよ？」

「ええ!?　そんなあ!?」

「うふふ、それじゃあ日を改めてお邪魔しに行きましょうか」

「あ、うん。そうだね。そうしよう」

……俺って、いつも二人にペースを取られてしまうんだよな……。

でも、奴に勝てばきっと……。


――紅い戦線 Side――


さて、こいつはまずいっすねえ……未曽有の大ピンチって奴っすね。

まあ、自分は全く問題ないんすけど、二人はまだ囚われているみたいなんすよね……。

アイナはともかく、ソルテはどうっすかねえ……。

『……い』

んー……でも、ある意味でチャンスではあるんすよね。

ソルテが自分で克服できるのであれば、それが一番っすし……。

『……おい』

いやーでも、モッテいかれたら厄介は厄介なんすよね……。

戻せないことはないっすけど、手間がかかるというか自分のMPがごっそり持っていかれるっすし、ソルテが精神衰弱状態になるかもっすし、この後控える大ボス相手には痛手っすよね……。

『おい！　聞いているのか!!』

「……なんすか？」

『貴様、何故(なぜ)私の精神攻撃を受けておいて平然としている！』

「ああ、自分そういうの効かないんすよ」

目の前の負の集合霊(ネガティブホロウ)はあまりの事実に固まってしまったみたいっすけど、まあそうなるっすよね。

「精神攻撃で負の感情を増幅させて、堕(お)とす系の集合霊っすよね？　もう諦めて、二人も解放しないっすか？」

横にいる二人は今は生気を感じさせない瞳で、立ちつくしている。

今まさしくこいつの精神攻撃を受けている最中だろう。

『そんなことが出来るか！　ほら貴様にもあるだろう。ご主人とかいう男に対して嫌な感情の一つや二つ！』

「そりゃああるっすけど……」

『それだ！　それを膨らませろ！』

「いやあ……」

『なんだその引いている目は！　なんで私に対して負の感情を膨らませているのだアアア！』

いやだって、心を覗いて意中の相手を知っている時点で気持ち悪いっすし、その相手への不満を爆発させて堕とすとかもっと気持ち悪いっすし……。

それに、ご主人だって人間なんすからそりゃあ不満はあるっすけど……例えば人の下の毛をご主人が剃らないでほしいとか……。

空気を読みすぎたり、逆に肝心なところで読まなすぎたり、変なところに引っかかってたりとか。

でも、不満も含めてご主人が大好きなんすから。

それにさっきから言ってるっすけど、そういうの効かないように育ってるんすよ。

「んーどうやら精神攻撃中に他の魔物に襲われるってことはなさそうっすね」

『ぐ……』

「はあ……大したことないっすねえ……」

『なんだと!?　幾多の冒険者を屠ってきた私に、大したことないだとう!?』

「いや、だって精神攻撃中に他の魔物に襲わせたほうが絶対効率いいっすよ？」

『それだと私の腹が膨れないではないか！　負の感情のスパイラルに陥った者の生気を死ぬまで貪り続けることが私の生きがいなのだ！』

「集合霊の時点で死んでるじゃないっすか」

『うるせえええええ！』

なんか元気な霊っすねえ。

自分には害はないみたいっすしこのまま様子を……お？

「……らな。主君はたまに真面目な顔をして、ん？」

おっと、アイナが戻ったっすね。

「む……おお、レンゲか。ただいま」

「おかえりっす。どうだったっすか？」

「ふむ……よくわからなかったな。主君の悪い点を聞いてきたのでどれだけ主君が優れているかを語っていたのだが……元に戻されたみたいだ」

「おお……それはご愁傷様っすね……」

多分何度も同じ話を繰り返してたんだと思うっす……。

口を挟む間もなく繰り返されるご主人自慢に、負の集合霊も流石に挫折したってところっすかね……。

「あとは……ソルテか」

『ぐっ……』

「そうっすね。外から起こしてもいいんすけど……」

「ああ、少し待ってみるか」

『ふん、いいのか？　完全に堕ちてしまえば呼び起こすことはできなくなるぞ』

「いや、できるっすけど？」

『そんなわけがあるか！　私に干渉できるなど、聖職者か巫女と呼ばれる姫のみだ！　貴様はどちらにも見えん！』

「失礼な奴っすね。それにもう二人に効かなかったくせによくそんな偉そうに言えるっすねぇ……」

『うるせぇぇぇぇぇ！』

「なんなのだこの負の集合霊は。情緒不安定か？」

『もう、なんなんだよこいつら……』

おお、負の集合霊がへこんでるのなんて初めて見たっす。

でもまあ、相手が悪いとしか言いようがないっすね。

一先ず今は、ソルテが自力で戻ってくるのを信じて待つしかないっすね。

もし危なそうなら……こっちからなんとかするっすけど、頑張って自力で戻ってきてほしいっすね。

※※※

……。

…………。

ここは……。

確か、ダンジョンのボス部屋みたいな大広間に入ったら、負の集合霊が現れて……。

はっ、そうか精神攻撃を受けて……。

『そうだ。ここは私の世界』

「っ……出たわね」

『ああ。くく、貴様は二人とは違うようだな……。良いくすぶりを感じるよ』

「なに……を……」

あれ……頭が……ぼーっとして……。

『ククク。なんだ、貴様も想い人がいるのか。それも仲間と同じとは……』

想い人……主様？

『そうだ。主様だ。どれ……ほう。なるほどな。会った当初は随分と乱暴な扱いだったようだな』

それは……アイナを守るために……でも……。

『ああそうだな。だが今では好いていると……都合の良い話ではないか』

…………。

『ほーう。貴様のせいで、随分とその主様は酷い目にあったようだな』

レンゲの……でもあれは、そうなるなんて思わなくて……。

『だが、事実貴様のせいであの男は負わなくてもいい傷を負ったのだ。ククク、酷い話だ。これ以上の酷い話は聞いたことがない』

あれは……あれは……。

『今までの所業を踏まえれば、貴様が惚れたところで、あの男が貴様に惚れると思うか？　事実、まだ手を出されていないことが何よりの証明であろう？』

それは……そんな……こと……。

『やめた方が良いのではないか？』

「っ……」

『貴様が近寄ることを、良しとせぬのではないか？』

「そう……なのかな……？」

都合が、良すぎるのかな？

確かに、私は今まで何度も酷いことをしてきた。

主様なのに、何度も噛み付いたし槍で襲いかかったこともある。

感情的になって、ぶっ殺すって言ってしまったこともある。

……迷惑なのかな？　好きになっちゃ、駄目なのかな？

『ああ、そうだ。迷惑だ。貴様に、あの男を好きになる資格はない』

「そう……なのかな……」

好きになっちゃ、駄目……なの？

私なんかが……好きになっちゃ駄目なん……だ……。

この想いを……抱いていたら……駄目なんだ……。

瞳の奥からとめどなく涙が溢れ出してくる。

ここは精神攻撃の世界。

だから涙なんて流れるわけないのに、それでも涙が流れ落ちていってしまうのを止められなかった。

『ククク、あと一息だな……』

私は……これからどうすればいいんだろう……。

『なに、悲しむ必要はない。貴様が愛する価値のある男ではなかったのだろうさ』

「え……」

『どれ、奴の本質を映してやる。人間の醜さを、汚さを、内に秘めた悪しき心を見せてやろう』

負の集合霊が言い終わると、頭の中にイメージが入り込んでくる。

そのイメージは主様の姿へ、徐々にはっきりと変わっていった。

『ククク！　どうだ！　好いた男の醜き姿は！』

【……い】

「え……？」

『ハッハッハッハ！　言葉も出せぬような事実か！　どれ、私も覗き見してやろう！』

【おっぱい！】

「『……』」

【おっぱい祭りだいいいぃぃぃぃやっほおおおおう！】

イメージは、主様が裸の女性に囲まれて情けない顔をさらしながら大きなおっぱいに頰ずりして

いるところだった。

『……なんだこれは……』

嫌だけど、その気持ちには同意する。

当然だけど、おっぱいの持ち主であるウェンディやアイナの姿もそこには映し出されていた。

あろうことかレンゲまでおっぱいになった姿でそこにいる。

『貴様はこんな男が好きなのか!?』

「ふふ……ふふふ……」

【おっぱいバタフライだ！】

主様やめて！　なんかもう恥ずかしい！

泳げないから！　おっぱいの海じゃ泳げないから！

『……私が言うのはなんだが、本当にやめた方がいいんじゃないか？』

「やめて……言わないで……」

ああ、本当……堕ちちゃおうかな……。

なんだかとても悲しくなってきた。

私、この人が好きなのよね……。

おっぱい好きのこの人が。

でも私は、ちっぱいだし……大きくなる希望ももうないだろうし……。

自分の胸に手を当てると、何かに触れる。

主様から貰った……私のことを想って作ってくれたペンダント。

……そうよね。待っててくれるんだもんね……。

『……気を取り直そう。どうだ！　この男の最低な部分を見た感想は！』

「そうね……最低よね……」

『そうだ！　この男は最低だ！　貧乳のお前をないがしろにするこの悪魔の所業！　貧乳のお前は酷く傷ついただろう！　嫌になっただろう！』

ええ、そうね。本当……嫌になるわよ。

男って奴は……どいつもこいつもどいつもこいつもおっぱいおっぱい……そんなに脂肪の塊がいいのかしらね？

赤身はダメなの？　脂身が好きなの？

ああ、そうね。私は貧乳だものね。ちっぱいだものね。

主様の夢にはなれないわよね。

「はぁ……」

『どうだ？　貧乳の貴様が今更告白したところで……』

「貧乳貧乳うるわいわね！　ぶっ殺すわよ？」

『…………あれ？』

「はあ……。あーアホらしい。何を今更……主様が私に惚れるかどうかなんて、そもそも関係ないじゃない！」

そう。あくまでも私が気持ちを伝えたいだけだもん。

主様が私に惚れてくれなくったって関係ないもん。

それに――。

『だ、だが貴様は十中八九ふられるぞ！』

「ふられたって構わないわよ。ふられたら、また告白するもの」

『なっ……！』

当然でしょ。だって、大好きなんだもん。

「初恋も、その次の恋もずっと主様にするの。何度だって好きになる。だから、私は諦めない！」

たとえ私がふられて傷ついたとしても、諦めることが出来ないくらい大好きな人なんだもん。

『だ、だが！　だがぁ!!』

「失せなさい。それと、ありがとう。私の弱い部分を改めて教えてくれて。お礼に綺麗さっぱり消し去ってあげるわよ。安心して、成仏しなさい」

『いやだ！　やめろ！　堕ちろ堕ちてくれ！　そんな希望に満ちた顔はやめてくれえええええええええええ！』

目の前にいた負の集合霊は見る見る小さくなっていき、そして消滅してしまう。

閉じられていた光が戻り、周囲に目を向ける。

すると、アイナとレンゲがこちらを見てニヤニヤとしていた。

「……ただいま」

「おかえりっすー」

「ああ、おかえり」

どうやら二人も無事だったみたいね。

まあレンゲはこういうのに特段強いからね。

巫女……の修行だったかしら？

負の集合霊を倒したことで、入り口と、更に奥へと進む道への扉が開かれる。

どうやらこいつが強敵……ではなかったようだ。

中ボス？　みたいなものだったのかしら。まるでダンジョンみたいね……。

「クフフ……ソルテたん、乙女っすねええ。きゅんきゅんきたっすよ！」

「なによ……にやにやして……」

「『何度だって好きになる。だから私は、諦めない！』」

なっ……なななな！　なんで知ってるのよ！

「お、おいレンゲ……やめないか」

「聞いてたのね……」

「ばっちりっす！　いやー！　乙女ソルテたん爆裂っすね！」

「……そう。ならいいわよ。その通りだもの」

「おお？」

恥ずかしいけど、確かに恥ずかしいけど！

穴があったら引きこもりたいくらい恥ずかしいけど！

でも、事実だし堂々とすればいいのよ！　そうよね！　それでいいのよ！

「成長したっすねえ……」

「……なに感慨深く見てんのよ」

「ふふ、何度でもか……そうだな。私もそうしよう」

「アイナは大丈夫っすよ。おっぱいっすから！　いやあ、まさか自分もおっぱいになるとは……」

「ちょっとまって、どこから聞いてたの!?」

「全部っすよ？　ソルテたん口に出してたっすし」

全部？　全部ってまさか……。

ちっぱいについての会話も？

「それにしてもソルテは何を見せられたのだ？　あの会話は……？」

「気にしなくていいから！　というか、出来れば思い出したくないの！」

あんな主様の姿は一生に一度でいい！

それに、アイナとレンゲのあんな……あんな淫らな姿をアイナに教えられるわけないでしょ！

「むう……また秘密なのか……」

「あーもう！　さっさと先に進むわよ！」

「いやいや。ここで休憩っすよ。幸いにもここはほかの魔物が入らないみたいっすしね。……おそらく、この先に強敵とやらがいるみたいっすし、きっちり休んでいくっすよ」

確かにレンゲの言う通り、濃い、濃すぎるくらいの魔力が通路の奥から流れ込んできている。

近い……だが、相手が動けないのか動く気がないのかはわからないが気配はじっとしたままだ。

休憩をするのなら……確かにここが一番みたいね。

「……そうね。ゆっくり休みましょうか」

「ああ。万全を期していこう」

一先ず、体を休めて眠るとしましょうか。

最初は私とアイナが休憩なんだけど……お願いだから、さっきの光景は夢に出ないでね……。


さて、たっぷり休息を取ることが出来、食事もして回復ポーションもすぐ手に取れるところに補充して準備は万端。

左右を確認したが、レンゲとソルテも問題はないようだ。

目の前にある大きな大きな扉の奥には、ようやく目的の強敵がいるとわかる。

こいつを倒して……と、決意を胸に重い扉を開き、中に入るとそこは真っ暗であった。

『……来客とは久方ぶりだな』

「「「！！？」」」

低く、鈍く、重みのある声が聞こえると同時に、周囲にあった魔導ランプが光をともして声の主の姿を見せる。

『匂いがする……ワシをここに閉じ込めた、あの忌々しい女の匂いガ……』

鎖につながれ、一本の角が折れた鬼……いや、鬼人族のような姿の大男。

だが、腐臭と死臭が漂っていておよそ生者だとは思えなかった。

さらにはその巨軀である。

私達の五、六倍近い巨体と、手に持った鉈のような形状の巨大な武器がひと際異彩を放っている。

「……ねえ、予想してた？」

「まあ、この魔力の量を考えたら、あり得ない話じゃあないっすよね……」

「そうだな。人語を理解し、そしてこの膨大な魔力量……魔族、で間違いないだろう」

魔族――。

魔物は何から生まれるのかという研究をしていた学者が唱えた説の一つに、動物や虫、魔物にはベースとなるものが多数存在し、死後、またはなんらかの影響で魔力を多く取り込むと魔物化するというものがある。

そして、それはなにも動物に限った話ではない。

魔物と魔族の大きな違いは、魔族は魔物と違い人語を解し、考える頭があること。

ゆえに、魔族とは人族、またはそれに類する亜人族が魔物化した結果なのではないかということだ。

つまり、この目の前にいる鬼人族のような大男は、鬼人族が魔族化し、更にはアンデッドになっている可能性が高いということだ。

『アアア……アア、疼く……ワシノ折られた角ガ！　角が疼クゾウ！』

「来、速っ……！」

「ソルテ、レンゲ下がれ！　ぐぅっ！」

動きはなかなか速いがそこまでではないか。だが、重い……っ！

振りぬかれた鉈に合わせるように大剣を振るったはずなのに、完全に力負けしてしまっている……。

「ぐっ、がぁ……！」

壁に叩きつけられた衝撃で、どれほどの勢いで吹き飛ばされたのか察することは出来た。

初撃で相手の力量を量ることは出来たが、いかんせんリスクが高すぎたな……。

壁からずるりと地面に崩れ落ち、しばらくは体を動かすことすらままならない。

「アイナ！　大丈――」

「ソルテぇぇえええっ！　前見るっす!!」

「っ……！」

二人は私の動きを見て、受けるのはまずいと判断したのか紙一重で回避を選択したようだ。

それでいい。あの巨体であの速度は脅威だが、二人からすれば対応できる範囲内だろう。

「ぐっ……回復、ポーションを……」

動かぬ体をなんとか動かして回復ポーションを取り出そうとする。

その時、目の前に回復ポーションが転がっていた。

衝撃で落としたのだろうか？　いや、今はそんなことなど関係ない。

なんとか手を伸ばし、回復ポーションを掴み取ってすぐに口に運ぶ。

「っ痛ぅ……」

傷は治っても衝撃による体の疲労が消えるわけではない。

だけど、今はそんなことを言っていられる状況ではない！

回避行動を続ける二人ではあったが、体力が減っていけば避けきれぬ場合もある。

私はパーティの壁役と火力だ。

壁役が防がねば、瓦解するのがパーティだ。

「やば……」

「レンゲ！」

レンゲに迫る凶刃に、先ほどの不意打ちの時とは違い、私の全力を込めた一撃を鉈の側面に叩きこむ。

真正面からでは勝てぬのであれば、勝てる方に打ち払っていくしかない。

「食らいなさい！」

バランスを崩した鬼人のわき腹をソルテの槍が抉りとる。

だが、こいつは痛みの声一つ上げずに、私達をにらみつけるとそのまま鉈を振り下ろしてきた。

「あぶなっす！」

砂塵が舞い、地面に開けられた穴の大きさにぞっとしながらも敵からは目を離さない。

「ねえ、あれ効いてるように見える？」

「見えないな……。おそらく、あの体は既に痛みなど感じないのだろう」

「うわあ……面倒っすね」

あの猛威に、痛みを感じない体か。

しかも、抉り取ったはずの傷が既に塞がっているのか、血の一滴も滴り落ちていない。

どうやら臭いなどからして、不死の可能性もありそうだ。

「弱音を吐くなよ私の体。倒さねば、生きて帰れぬのだぞ」

「そうね……。生きて、帰るわよ」

「おうっす！　さあさあ行くっすよ！」

これが強敵だ。これが、私達の冒険だ。

どんな手を使ってでも、こいつを倒し、生き残ってみせる。

そう決意し、私達はこの化け物へと挑むのであった。

第五章　完成間近にトラブル発生

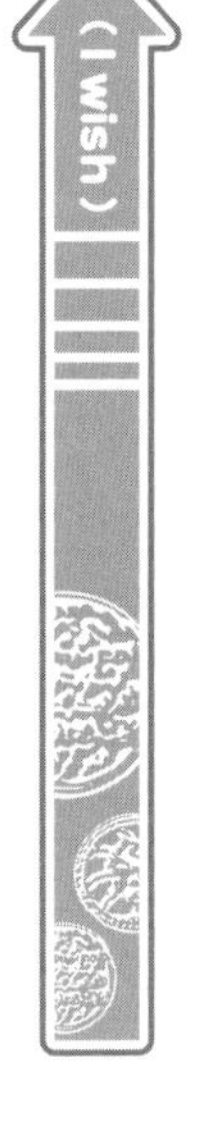

ウェンディと買い出しに出かけた日から数日が経ち、無事に風呂場にお湯がたまるようになったおかげで掃除も完璧にこなすことが出来た。

排水先もきちんと準備して湯舟に関してはほぼ１００％完璧に出来上がったところで、後は細かい作業を残すばかりとなった。

流石に疲労もたまってきてはいるのだが、近づく完成に気力が体力をカバーしてラストスパートをかけていた時のこと。

「おう」

「ん？　親方？　どうしたんだ？」

「いや、もうそろそろ完成だろう？　いい出来じゃねえか……」

「うん……ああ、そうだ。外壁ありがとな。やっぱり竹だよな」

「だな。この風呂にこの建物なら間違いなく竹だ」

ボロボロになっていた外壁を見て、親方が先んじて作ってくれていたのだ。

それも、俺が思っていた通りの竹で出来た竹垣を。

「あと、暇だったから作っといたぞ。使え」

そう言って若い衆に持ってこさせたのは、木製の木桶や椅子などの小道具だった。

頑丈で趣もある仕上がりだが、少し統一感がないのは弟子が作ったものだからだろう。

ただ、一つ一つの技術やこだわりは高く、市販で買うものでは到底及ばないクオリティだ。

「ありがとう。そっちはもう終わったのか」

「おう。まあ、そっちが終わるまでは待ってやるよ」

「悪いな……。あと少し、今日中には終わるから少し待っててくれ」

「おう。お前が言っていた温泉愛……確かに感じとったぜ」

親方が差し出した手を、俺は熱く、固く握り締めた。

「うわー……戻ってきてみれば暑苦しいですねえ……」

……今いいところだから。親方と俺の熱い男の友情が生まれたところだから少し黙ってて。

「ああ、そうだ。そこなんだが……何か建てる予定なのか？」

親方が示したのは浴場の横の一角で、砕いた岩を整地した結果平らなだけの地面になってしまった部分だった。

「いや……一応打たせ湯とかを考えてはいたんだけど、原理的に難しくてな……」

本当は原理的には簡単なのだが、それが他人にはどう見えるかが問題だった。

源泉の湯はウェンディに位置を教えてもらい、案内人さんに屋敷に付属した土地であると確認したうえでぜえはあ言いながら山だか森だかを登って源泉の真上まで行き、真下にある源泉の座標に吸入（インプット）で魔法空間に給水し、温度を整えてから排出（アウトプット）で出すという構造だ。

湯源の位置は空間座標指定（エリアポインティング）でメモしてあるので、いつでもどこにでも出すことが出来るのだが、それをしてしまうと湯量的にも他人が見た際に怪しまれかねないのでやめておいた。

それに、わざわざ作らずとも空中に排出先(アウトプット)を座標指定すれば即席の打たせ湯は出来るしな。

「そうか……なら、この一角は借りるぞ」

「いいけど……何を作るんだ？」

「お前さんにとって素晴らしいもんだよ」

おいおい気になるじゃんか！　勿体(もったい)つけるなよー！

親方は俺の好奇心に気づかないふりしてそのまま作業場の方に戻り、何やら木材を新たに取り出して準備を始めてくれているようだ。

「あのー……私の存在忘れてません？　戻ってきましたよー？　あなたの案内人ちゃんが、ドロドロ、トロトロ、ネバネバを倒して戻ってきてますよー」

……若干忘れてた。

もう案内人さんにしか頼めない仕事がなく、護衛の必要もなさそうだしあまりに暇だ暇だと言っていたので、この辺にいるスライムを狩って被膜等を集めて来てもらっていたのだ。

「はあ……しかし、随分完成に近づきましたね……」

源泉が流れるお湯に手を浸(つ)けてグルグルと回す案内人さん。

間違いなくいい湯加減になっているであろうが、案内人さんの視線は湯口の方へと向いていた。

「……まさか、空間魔法を使えるとは思っていませんでしたね……」

「秘密って言ったろ？　こういうところで口に出すなよ」

「周囲に人の気配はありませんよう。わかってますって」

案内人さんには湯口からお湯を出す際に温泉を引く手続きをしていないのでばれてしまった。

まあ、源泉の場所まで行ったのに傍目からは何もしていないように見えたところ等からも感づかれてそうであったので、先んじて口止め料を払って広まることを防いだのだが。

「んんー……温かいですねえ。私もここのお風呂に入りたくなってきちゃいます」

案内人さんはお金さえ払っておけば商売人としては信用出来るからな。

「完成したら入ればいいだろ？」

「え、いいんですか？　皆さんが戻ってきたら、私はお払い箱なのでは？」

「なんでだよ……。せっかく俺達で作った温泉なんだから、堪能せずに帰すわけにもいかないだろ」

「おおーやったー！　じゃあ、早く完成させましょうね！」

「そうだな……だけど、入るのは皆揃ってからだぞ」

「わかってますってー！　ふふふ。楽しみだなー！」

案内人さんは本当に楽しみなのか、寝転がってお湯に手を突っ込み、グルグルと回して遊びだす。

服や髪が濡れないかと心配したのだが、どうやらきちんとそのあたりはわかっているらしい。

俺は湯舟の縁に尖った場所がないかの最終チェックや、洗い場の調節、小物の手入れなどをしていつの間にか案内人さんがいなくなっているなと思っていると——

Ｂｒｒｒｒ——。

っと、ギルドカードが現れて震えだしたので相手を確認すると……隼人（ハヤト）？

「おーうどうしたー？」

『あ、お久しぶりですイツキさん！』

「いや、そこまででもないだろ。焼きおにぎり食べただろ？」

この前焼きおにぎりを一緒に食べただろうに。

それにあの焼きおにぎりの誓いをもう忘れたのか……。

『そ、そうでしたね……』

……おい。何だその反応は。

顔は見えないが、なんで頬を染めていそうなニュアンスなんだよ。

俺の気のせいじゃなければお前さん、最近俺の前だとなんだか残念になってきていないか？

前の凛々（りり）しくて爽やかでＴＨＥ主人公感のあったお前はどこに行ったんだよ。

これ以上は隼人の名誉のためにも早々に話題を変えてやるとしよう。

「それで、どうしたんだ？」

『あ、いえ大したことではないのですが、少ししたら僕達はダンジョンに行ってきますので、連絡が取れなくなるとお伝えしておこうと思いまして』

「おー……ダンジョンか……」

ダンジョンは確かレストルームと言われる休憩出来る場所じゃないと連絡が付かないんだったな。

『はい。なんでもそのダンジョンに隠された道が見つかったらしく、Ａランクの冒険者が戻ってこないためその捜索に。……ただ少し異常がありまして恐らく、魔王の一人がいるのではと睨んでいるのです』

「魔王か……気をつけろよ」

俺から関わることは恐らくないだろうが、隼人は既に何体かの魔王を倒し、英雄としてその名を轟かせているんだもんな。

『はい。最優先は行方不明のAランクの冒険者ですので、危険と判断すれば戻るようにします。もし取れそうでしたら、イツキさんにお願いされている月光草も取ってきますね』

「ああ、そっか。でも、無理はしなくてもいいからな？」

月光草は霊薬を作るのに欠かせないのだが、取れるのはダンジョンだからな……。

テレサの話では滅多にあるものではないものの地上でも一応見つかるそうだが、基本的にはダンジョンの最奥地にあるらしく、俺じゃあ絶対に取れないんだよな。

でも、霊薬はきっと隼人達の冒険の役にも立つ。

大したことは俺には出来ないが、霊薬が隼人の役に立つのなら嬉しいってもんだ。

『はい。皆の命を最優先に、絶対に帰ってきますよ』

「おう。しかし、タイミングが悪いな……」

『タイミングですか？』

「ああ。今俺ユートポーラで露天の温泉を作っててな。完成したら、隼人達も招待しようと思ってたんだが……」

完成後は隼人やヤーシスやメイラ、リートさんやレインリヒ、それとアイリスとテレサ達と一応オリゴールなんかも招待する際に使えるように、仕切りも親方に発注しておいたんだけどな。

流石に混浴しか出来ない……ってのもと思ってさ。

『わあ、温泉ですか!? しかも手作りとは……流石はイツキさんですね』

「まあ手作りと言っても最初から形は出来てるのを改修しただけだけどな」

『それでも素敵ですよ。いいですねえ。僕も入りたかったなあ』

「良かったら迎えに行くぞ？ といっても、まだ最後の大詰めってところだけど」

『おお！ 道中に数日はかかる予定ですし、タイミングが合えば是非！』

「了解。旅路だと風呂も満足には入れないだろうし、皆で来るか？ なんなら、俺は迎えにだけ行って混浴にしてやろうか？」

『え!? あ……その……そうですね。もしかしたら、お願いするかもしれません……』

ふっふっふ。いいねいいね。隼人も男の子してるねえ。

好きな子と一緒にお風呂に入りたくない男なんているわきゃないよな。

でも、ちょっとあんなにも純だった子を汚してしまったかのような背徳感がやばいね。

なんか俺、隼人にとって悪影響だったらごめんよ！

「おっけいおっけい。でもまあ、完成したらだけどな」

『そうですね。楽しみです！ あ、ミイ！』

『お兄さーん！ 温泉楽しみなのです！』

「おーミイか。元気してるか？」

『元気なのです！　次はレティに代わるのです！』

「はいはいー」

相変わらず明るくて奔放で、元気が有り余っているような声だな。

『あんた……また変なもの作ってるのね』

「温泉愛してるからな！　完成したら招待するから、隼人の背中でも流してやれよ」

『ばっ！　そんなことするわけないでしょ！』

「いいのかー？　喜ぶぞー？」

『……心の片隅には置いておくわよ』

レティは相変わらずツンデレさんだなあ。

うんうん。隼人のところは相変わらずいい親交具合だよなあ。

『あの、お疲れさまです』

「おー。クリスか」

『はい！　そのですね……ちょっとお願いがありまして。ホイップクリームの在庫が少なくなってしまったので……』

「ああ、いいよ。次会う時に用意しておく」

『ありがとうございます！　皆美味しいって食べてくれて、今度お兄さんにもご馳走しますから！』

クリスの作るお菓子か……それは楽しみだな。

シロにも聞かせたら喜ぶことだろう。

『……ウェンディ様は元気？』

「ん、エミリーか。ああ勿論(もちろん)」

「ご主人様ー！　お茶を淹(い)れましたので、休憩にしませんか？」

『……元気そうね。安心したわ』

「おう。笑顔満点。元気一杯だから安心してくれ」

エミリーは元々沢山話すような子じゃなく、クールな感じもんな。

霊薬の時は妙に饒舌(じょうぜつ)だったけどさ。

『すみません皆が……』

「いいよいいよ。それより、出発はいつなんだ？」

『予定では数日後ですかね。早いにこしたことはありませんから。あ、王都に来られる際は、フリードに言ってありますので僕の館を好きに使ってくれて構いませんから』

「お、それは助かるな。そういえばそろそろまたオークションが開催されるんじゃなかったか？　俺もちょっと欲しいものが……ん？　なんだ？」

隼人との会話に集中していると、別に見ていたわけではないのだが前方の森の方の竹垣が倒れ始める。

「あ、馬鹿！　押すなっての！」

「ちょっと、倒れてない？　今私達倒れてるよね！」

「あらあら、まーくん？　ちゃんと支えてね」

バタアアアンッ！　と、せっかく作ったばかりの竹垣が音を立てて倒れ、周囲も外れかけてしまい、女の子二人とその下で押しつぶされている男が現れた。

『イツキさん？　イツキさんどうしまし――』

「いてて……っ。見つけたぞチーレム野郎！　奴隷ハーレムなんて俺が絶対許さない！　俺と戦え！」

隼人の言葉を遮るほどでかい声で叫ぶのは、黒髪黒目の男の子。

年は隼人と同じくらいだろうか？　隣にいる女の子達も、おそらくはそれくらいだろう。

……で、チーレム野郎ね。そんな言葉を使うってことは、こいつはアレだな。

多分、きっと『流れ人』だろう。

つまり、こいつも女神様からなんらかのチートスキルを貰（もら）っていると見て間違いはないはず。

横にいる女の子二人はあまり乗り気ではないようだが、それでもチート持ちの男……しかも、戦闘職のようでごつい鎧（よろい）を着けているこいつと俺が戦う？

女神様からもらったチートスキルが『お小遣い』の俺が？

だが、まあそれよりも先に言うべきことがあるか。

「……とりあえず、立ってから言わないか？　格好つかないぞ？」

まだ押しつぶされたままだもんな……。

それにしてもあーあ……せっかくの竹垣が……。

「っ……随分余裕じゃないか」

「いや、うん……とりあえず立とうか」

それくらいはちゃんと待つから、そんなに警戒してこっちを見なくてもいいって。

「よっ……と。なんですか？　突然ピンチですか？　どこで恨みを買ってきたんですか？」

どこに潜んでいたのかわからないが、案内人さんがどこかのヒーローショーよろしく空中を一回転しながら俺のそばに立つ。

流石は護衛、武器はまだ出していないようだがちゃんとお仕事はしてくれるらしい。

「恨みねえ……買った覚えはないんだがな」

「得てして加害者とはそういうものですよ。かくいう私も姉の方がバストサイズが大きくてとても傷つけられましたが姉は気づきませんでした。……それで、ヤりますか？」

「いや、まだ様子見で」

「……そうですか。相手の態勢が整っていない今が好機なのですけどね……先手を取れないとなると、ややピンチです」

確かにチート能力持ちの流れ人が相手では、現地人である案内人さんは緊張するだろう。

きっと今心の中では、『楽々なお仕事でお金をゲット！　温泉も入れる簡単なお仕事のはずがー！ついてません。ついてませんがお仕事なので頑張りましょう。ええ本当についてませんが！』とか、思っていそうだ。

「まあ、もし戦闘になっても不利にはならないようにするからさ」

「……わかりました。ですが、危険だと判断し次第ウェンディさんとお客さんを抱えて脱兎のごとく逃げ出しますからね」

「大賛成だ。いざという時は逃げるが勝ちでいこう」

俺も同じ考えだとわかると少し気が楽になったのか笑顔を取り戻す案内人さん。

まあ、俺と戦いたいって言っている以上親方達に危害を加えることはないだろう。

最悪、ウェンディと案内人さんを連れて転移してしまってもいいしな。

彼らは倒れた状態から立ち上がると、服についてしまった草や砂を叩き落としてもう一度俺の方を睨み指を指してくる。

「……見つけたぞチーレム野郎！　奴隷ハーレムなんて……俺が絶対許さ――」

「ああいやそれはわかったから。それでさ、俺のことはわかってるみたいだけどそちらさんの自己紹介はないのかな？」

「自己紹介だと？」

「初めまして。鈴木美沙といいます」

「あ、えっと、鈴木美香です。お姉ちゃんとは一個違いの、十七歳です」

「二人ともぉ……」

自分のペースを保てず、涙目のまーくんは置いておくとして、鈴木ってことは二人も『流れ人』か。

更には十七、八って……現役女子高生だったのでは？

はぁぁ……若いっていいね。

「はい。よろしくね。それで、そちらさんは？」

「ふっふっふ。このセリフを言える日が来るとは……貴様に話す名など――」

「まーくん？」

「……野間真です」

ふむ。どうやら力関係は完全に姉の美沙ちゃんの方にあるみたいだな。

「はい。ありがとう。それじゃあ本題に戻すが、まーくんは俺と戦いたいと」

「まーく……そうだ！　俺と正々堂々勝負して、俺が勝ったら奴隷達を解放しろ!!」

「んー……と、この世界の一般的な奴隷がどんな扱いかはわかってるか？」

「ああ。俺達が思ってたほど酷くはないことくらいは知ってるさ。だけど、あんたは数多くの女性奴隷を連れているだろう！」

まあ、そうだな。

ウェンディとシロは買った奴隷だけど、三人は買わされたというか、なんというか……いやまあ買うと決めたのだから全員俺が買ったたな。

「そうだけど……それがお前に関係あるのか？」

「だって……羨ま……じゃない……。そんな無理矢理な関係、倫理的にも駄目に――」

「ご主人様！　凄い音がしましたけど大丈夫ですか！」

真の言葉を遮るように駆けてきたウェンディが俺の体を念入りに触ってチェック。

あ、こらやめなさいな場所まで入念にチェックして、俺の顔色を窺って無事なことを確認すると、ふぅー……っと大きく安堵の息を漏らす。

「良かった……安心しました」

「ああ、大丈夫だよ」

ぽんぽんっと頭を軽く撫で、ウェンディを安心させると真に向き直る。

「……ねえ真。アレが無理矢理？」

「ぐぬぬぬ……。わからないだろう。洗脳かもしれない！」

「そうかしら……？　闇魔法の気配はないわよ？」

「ぐぬぬぬぬ……」

何かみるみる真の瞳が潤んでいくように見える。

「まあ見ての通りだ。無理矢理……なんてことはないから、安心しろよ」

「ご主人様？　あの方々は……敵ですか!?　ご主人様はお下がりください！」

「落ち着けっての……」

俺を庇うように前に出るウェンディさん。あれ？　俺ってそこまで頼りない？

流石にウェンディを盾にとかできないので、腰を持って場所を入れ替えると、「ひゃん」と可愛らしい声を出すウェンディ。

ごめんごめん。いきなり腰を持ったのは悪かったからそんな可愛い顔で睨まないでおくれ。

「……うーん。やっぱり噂と違うと思う。周りにいる女の子も噂じゃ全員が奴隷ってわけでもなかったし……今になっても鎧も着ないでいるし……。あと年齢。私達と同じくらいじゃなかった？」

「噂なんて尾ひれがつくものだろ？　それに、奴から感じるオーラは英雄級だ。間違いない」

「真ってオーラなんて感じ取れるの？」

「……うん」

あ、嘘だ。適当ぶっこいたなあいつ。

それにしても、奴隷じゃない女の子を侍らせていて彼女達と同年代で英雄級ねえ……思い当たる人物が一人だけいるんだが？

「んー……これ、もしかして隼人の案件じゃないか？」

「ご主人様？」

「ああ、いやなんでもないよ」

よし、確かめてみるか。

ああちょっと待て。落ち着け。気が早い。

「えーとだな。少しいいか？」

「なんだよ！」

そう怒るなよ。話しかけただけだろうに。

「あー……その、な。俺の自己紹介をしようと思って」

「知ってるよ！　英雄隼人だろう！　お前が、お前のせいで俺が英雄って呼ばれないんだからな！」

「……は？」

うん、やっぱり隼人と間違えられてた。

それはいいけど、隼人のせいで英雄と呼ばれないってどういうことだ？

「悪い。意味がわからないんだが」

「いいだろう、教えてやる。……あれは、俺達がやっとの思いでダンジョンを踏破した日のことだ……。街に戻ると何やらお祭りムード。話を聞くとダンジョン踏破のお祝いだって言うから、てっきり俺達のことかと思ったら……」

「隼人だったと……」

「そうだよ！　しかも俺達がクリアしたダンジョンよりも高位のダンジョンのな！」

それはなんというか……タイミングが悪いとしか言いようがないだろう……。

「ほかにも悪さをしていた魔族を倒したのに、街では魔王の一角を倒した隼人万歳ムードだし……俺も、俺達も必死に戦ってきてるのに誰も認めてくれないんだぞ！」

「……あー……なんだ。そのー……お気の毒に……？」

なんだろう。不憫な子なのかな？　運がないのかな？

「何がお気の毒だ！　お前の！　お前のせいで！　だから正々堂々真正面から勝負を挑んで、英雄隼人よりも強いことを証明するんだ！　そして、俺が真の英雄になる！　そして、俺もハーレムを……いや、なんでもない」

同じ『流れ人』として、いやむしろ同じ『流れ人』だからこそ優劣をしっかりつけたいのだろう。

英雄になりたいってのも、欲まみれではあるが共感は出来る。

俺はなりたいなんて思わないけど、このくらいの年齢の子なら異世界に来て英雄を目指す……ってのも、よくあることだろうしな。

「だから頼む！　なにも殺し合いがしたいわけじゃないんだ！　どちらかが参ったと言うか、戦闘不能と判断した段階で勝敗は決めるから俺と勝負してくれよ！」

「あ、勝負することになったらですけど、私のスキルですぐ治しますのでご安心を」

妹さんの美香ちゃんはスキルで回復が出来るのか。

しかもなかなかの自信っぷりってことは、高位の回復魔法が使えるということだろう。

つまり、殺す気まではなく、純粋に勝敗をつけたいということか。

「なんなら俺のユニークスキルを先に話してもいい。どうせ話したところで変わりはしないしな」

「……おいおい。それって結構重要な情報だぞ？」

隼人と出会った時、隼人は俺にユニークスキルを知られることが危険だと語っていた。

確かにこいつのユニークスキルを知っておけば、もしもの際に役立つかもしれないが……。

「構わないさ。俺のユニークスキルは『難攻不落（ロイヤルガード）』。物理、魔法のダメージを95％軽減する。そして、あらゆる状態異常や呪い、精神汚染をパーティ単位で防ぐことが出来る」

えーと……強っ！

単純明快すぎて一瞬微妙かもと思ったが、よく考えなくとも確かにユニークスキルらしい強さだ。

ＨＰが１００減る攻撃が、５になるんだろ？　20分の1だぜ？

確かに隼人に挑むだけのスキルではあるのではなかろうか？

「では私も。私のスキルは『魔道の極意』。光と空間魔法を除く全ての攻撃魔法が使えるわ。魔法同士の合成も可能よ」

「じゃあ私のスキルは『治癒姫の奇跡』です。治癒魔法の全てが使えます。あと、一定条件下での蘇生魔法も使えます」

二人は魔法職……つまり、壁役一人に魔法使いが一人、そして治癒師が一人と。

うちとは逆で、物理前衛が足りなそうなイメージだが、タンクの真に敵の攻撃を集中させて耐えてる間に魔法で殲滅って感じかな？

真は防御力向上系スキルを必要としない分、伸ばすスキルは補助系と物理攻撃系にまわせるのだろうし、バランス的には結構いいパーティなんじゃないか？

でも、教えてもらっておいて大変心苦しいんだが……。

「いやー……な？　凄い盛り上がってるし、教えてもらった手前申し訳ないんだが……」

「なんだよ！　まだ何かあるのかよ！」

「そのー……な？　俺さ、隼人じゃないんだけど……」

「……え？」

きょとんとしてしまった。

後ろにいる美香ちゃんはやっぱりといった顔で、美沙姉って子は噴き出してしまっている。

「そんな……」

「ほらー。やっぱり人違いだった」

「うふふ、まーくん？　ごめんなさいして帰りましょう？」

真は下向いてぷるぷるしちゃってるよ……。

可哀想（かわいそう）に……あれだけ啖呵（たんか）を切ってしまった手前、恥ずかしいんだよな……。

大丈夫。今ならまだ帰れるさ。さあ、森へお帰り。

「……るい……」

「ん？」

「ずるいずるいずるい！　なんで英雄でもないのにそんなハーレムとか築いているんだよ！　俺だってハーレムが欲しい！　可愛い女の子と、肉欲にまみれた生活がしてみたいのに！」

おおお……真が駄々をこね始めたぞ。

すごい。可愛くない。すごい。

「あれだろ!?　そこの美人で巨乳のお姉さんと毎晩毎晩エッチなこととかしてるんだろ!?　ずるいずるいずるい！　俺だって……俺だってエッチがしたい！　童貞を捨てたいんだよぉぉぉ！」

ふふふ。俺お前嫌いじゃないわ。

欲求に素直な感じが、好感を持てるぞ男として。

だけどもう少しまわりを、特に幼馴染（おさななじみ）の顔とか見た方がいいと思うぞ。

「ひっ……ひっ……ずるいよ……俺も、ずる……」

「あー……あれか？　英雄になれば、ハーレムを築けると思ってて、だから英雄になりたいと……」

「そう、だよ……英雄はもてもてだからな！　たとえハーレムは作れなくても勝ち組じゃないか！　それに……ハーレムを作れれば……」

「でもさ、ほら、二人も綺麗な幼馴染がいるだろ？」

ぱっと見だが、間違いなく同じ学校に入れば美人姉妹として有名になっているような美人さんだ。

そんな二人が幼馴染な時点で、もう勝ち組だと思う。

「二人は、小さい頃から一緒に過ごしてきてるから……女の子っていうより家族って感じが強くて……」

おおう、二人の顔が一瞬強張った。怖っ！　黒いオーラが見えた！

こいつ、あれだ。鈍感系だ。

まだこの二人が自分にとってどんな存在かわかってない鈍感系男子だ！

そうとわかれば荒療治だが、こいつの物語のキーポイントとなってやるために、大人の意見でちょっかいを出してやろう。

「いやお前……その二人かなり美人だぜ？　いいのか？　例えばこの子達にいい人が出来たりしたら、お前のそばから離れていくんだぞ？」

「二人が……？　まさか——……」

そんなことはない……といった顔だったのだが、真が振り返ると二人はなんとも言えない表情を浮かべていた。

それを見て危機感が生まれたのか、真の顔は焦ったような表情に変わる。

「まさか……まさか！」

うんうん。これで二人を意識するだろう。

そうすればきっと真が好きであろう二人のどちらか、または両方と結ばれてハッピーエンドだな。

めでたしめでたし。いやあ、良いことした！

「まさかお前！　二人にも手を出す気だな！」

……。

………。

………おい、なんでそうなるんだよ！

これだから鈍感系は面倒くさい！

「そうだよな！　俺が勝ったらの話はしたけど、お前が勝ったらの話はしてないもんな！　お前が
勝ったら二人を奴隷になんて……そんなことはさせないぞ！」

「いや、しねえよ……」

五人だけでも十分だってのに、今更二人も一気に増やす気なんてないっての……。

それに俺はＮＴＲは嫌いなんだよ。するのもされるのもな。

「え、しないのか？」

「しねえよ！」

ちょっとイライラしてきたぞ。この鈍感系。俺をなんだと思ってるんだ。

据え膳は遠慮なくいただくし、ほんの僅か変態寄りかもしれないが基本的には紳士だぞ。

「いいのか？　うちの美香は料理が絶品で、毎日隣の俺の家で食べているんだが相当だぞ？　それに美沙姉はああ見えて抜けてるところがちょっと可愛いんだ。朝目を覚ますと美沙姉がいつの間にか布団に入っていたりして……」

毎日？　隣の家？　布団？

「……なあ、ちょっと聞いていいか？」

「なんだよ？」

「もしかして、もしかしてなんだが……」

いやいやいや。まさかまさか。そんなそんな。はっはっは。あるわけないよなそんなこと。

「お前の親が何らかの理由で家を空けていて、隣に住んでいるそちらの姉妹にお世話を頼み、なんだかんだあったあげく部屋は空いているのでお前の家でほとんど一緒に過ごしてました！　なんてことはないよな？」

こんなことがあったりしたら、最早それはアニメやゲームだよ。

なあ？　ないよな？　ないんだろ？　ないに決まってるよな。うんうん。

「……なんで知ってるんだ？　ああ、その通りだ。そこに隕石が落っこちてきたらしい……。俺のせいで二人も……だから、俺は二人を今度こそ守りぬく！」

……まじか。こいつ、まじかー……。

「あー……まじかー……」

間違いなくテンプレエエエエエエエエエエッット！

よし、こいつに同情はいらない。何がハーレムが羨ましいだクソ贅沢(ぜいたく)野郎があああ！

どこの恋愛ゲーム主人公だ。ぶち殺すぞごるああああああ！

はぁ……はぁ……ああ、うん。準備オッケイ。いつでもいけるのね。

「はあああ……ああ、わかった。それじゃあ準備しておいてくれ。すぐ行く」

「ん？　なんだ？」

いや、なんでもないよ。こっちの話だ。

ふう。クールダウンクールダウン。冷静に冷静に。

「……そうだな。俺は隼人じゃないが、せっかくユニークスキルを教えてくれたしな。なんだかんだぶっ殺したい要素は兼ね備えているが、お前自体は嫌いじゃないみたいだ。だから勝負は受けてやる。ついでに俺のスキルもお披露目だ」

「なっ……」

「俺は召喚師だ。今から俺が持つ切り札を見せてやるよ……」

まあ嘘だけどね。

でも切り札は本当だ。行くぞ？　俺の最強の切り札(カード)。

魔力回復ポーション（大）を取り出して、あおりながら三人の遥(はる)か後方、更には空の方を指差す。

「後ろに気をつけろよ三人とも？　すぐ来るぞ？」

三人が振り向くのと同時に空間座標指定(エリアポインディング)と座標転移(ポイントゲート)で隼人の座標に飛ぶ。

そしてすぐさま隼人達の手を掴(つか)み、転移で元の座標に戻ると三人がこちらに向きなおったところだった。

魔力不足で立つのも億劫で座り込んでしまった俺の目の前にあるのは、いつだって頼りになる男の背中だ。

いつか見た、俺を助けてくれた時のままのな。

「……初めまして。早川隼人と申します。イツキさんの……切り札です」

そして、隼人を先頭に戦闘態勢を整えているレティ、ミィ、エミリーに、座り込んだ俺の介抱にやってきたクリス。

「ここからは、僕がお相手しますよ」

剣を構えた隼人からもの凄い圧力を感じる。

だがそんなことよりも、はぁぁぁぁ……魔力の消費がきっつい……。


―紅い戦線 Side―


ピチョン……と、頬に落ちる雫はただの水か、それとも私達の血液が天井について落ちてきたのか……。

どっちでもいっか……それどころじゃないしね……。

全身は傷だらけ、打撲や裂傷、下手をすると骨も折れているかもしれない。

さらには回復ポーションも残り僅かで、目の前では巨大な敵と私達の間でアイナが必死に剣を交えて、倒れた私達をかばうように戦ってくれている。

「……レンゲ。生きてる？」

「死んでるっすー……」

少し顔を上げてレンゲを見ると、仰向けのまま動けないのかこちらを見る余裕もないようだ。

レンゲは超接近する戦い方なので、私よりも余計にダメージを受けやすいのかもしれない。

「回復ポーションないの？」

「あと一本あるっすよー……戦いが終わった後、勝利の美酒の代わりにする用のやつがっすけど」

「なら、こっち使いなさいよ……。私の方はこれで終わりね」

私が持っていたポーションをレンゲの方に転がして、私は私で自分の分を飲み込んだ。

アイナは主様から預かった魔法の袋を持ってるから、まだ何本かはあると思う。

だが、アイナもそろそろ限界が近いはずだから、早く回復して目標を散らさせないと……。

でも、幾度となく致命傷を与えたはずなのだが、相手の様子を見るにダメージが残っているようには思えない。

「超攻撃性もさることながら、超再生とか反則っすよ……」

「泣きたくなるほど強敵よね……」

いくら攻撃を加えても再生する体、およそ人の膂力を大きく上回る攻撃性に、遅くはない動き。

痛みも感じないのかこちらの攻撃を意に介さずに突っ込んでくるセオリー無視の脳筋魔族め……。

「さて……どうするっすかね。回復ポーションも残り僅か。これであいつがあと少しで倒れるってんなら、まだ希望は見えるんすけどね」

「そうね……状況は絶望的ね……」

「どうするっすかねえ……」

「どうするもこうするも……倒すしかないでしょ」

「……まあ、そうなんすけどね。お互い、嫌じゃないっすか」

「はぁぁぁぁぁ………そうね。まあ、自分も同じ気分っすけど……」

「でっかいため息っすね。本当に嫌になるわね」

「出来れば使いたくなかったけどね……。それで、シロ。いるんでしょう?」

虚空に向かってあのチビ猫の名前を呼ぶが、出てくる様子はない。

時々アイナや私達の前に回復ポーションを転がしておいて、気がつかないとでも思っているのかしら。

「……怒らないから。出てきなさいよ」

「……ん」

ほら。やっぱりいた。

黒鼬(くろいたち)を纏(まと)って天井の岩陰に隠れていたみたいね。

視覚じゃあ捉えにくいけど、気配は感じていたのよね。

「なんでわかった?」

「なんとなくよなんとなく」

神経が鋭敏になっている今だからこそ、シロの存在に気づけたのだろう。

その証拠に、戦いが始まった後でないと気づけなかったもの。

それと、主様が何をしてくるか……って考えた答えがこれなんだから、案の定よね……もう。

「……主は悪くない。シロが行くって言った」

「はあ？　なに？　責任でも感じてたの？」

「……」

「え、うそでしょ？　あんたらしくもない……」

尻を蹴り上げてしまったからといって、あんたが大好きな主様の下を離れてでもこっちが心配だったとか寒気がするからやめてよね。

「……勝てる？」

「勝てると思う？」

「……思わない。回復ポーションがもたない」

「そうよね……。ねえ、あんたならあいつに勝てるかしら？」

「勝てる。再生するスピードよりも速く壊し続けるか、圧倒的な威力で滅ぼす」

自信満々でもなく、ただ淡々とした回答をするシロ。

本当に、本当に腹が立つ。

私達三人が必死になっている相手でも、シロにかかればその程度だという実力の差に、私の弱さに腹が立つ。

「……手貸す？」

「そうね。お願い……」

シロ一人でも倒せるというのだから、手を貸してもらえば生きて主様の下へ帰れる。

今回は仕方ないと諦めて、また別の高難易度クエストをクリアすればいいだけの話だ。

今の絶体絶命のピンチと、相手との相性を考えたら当然よね。

シロだって、最悪の場合に備えてこの場に来たんだろうし。

……気にしないといえば嘘になるけど、それはまあいいのよ。

でも、でもね。

「……なんて、言うわけないでしょ？」

ここまできて、最後にシロの手を借りるなんてそんなこと絶対に許せるわけがないじゃない！

次なんてない。そんな弱気じゃあ、いつまで経ってもあの人の隣に近づけない。

だから、シロに助けてなんてお願いするわけにはいかない。

形はどうであれ、シロの手なんて借りず、私達があいつを倒して主様の下に帰るんだから。

「……大丈夫？」

「心配そうな顔とか、気を削ぐことしないでよね。それとあまりAランクの冒険者をなめないで。

……私達だって、隠し玉の一つくらい持ってるのよ」

「……大会では使わなかった？」

「使えなかったのよ。あんな衆人環視の中で、ううん。主様の前じゃ使いたくなかったの」

「っすね。まあ安心して見てればいいっすよ。ここからがある意味では紅い戦線(レッドライン)の名前の由来っすからね」

レンゲも回復ポーションが効いてきたようで立ち上がると、屈伸と伸びなどで体を慣らし、飲んでいなかった魔力ポーションを飲んでこの後の準備をし始める。

私達のパーティ名である紅い戦線(レッドライン)は、リーダーであるアイナの髪色から……と思われているが、実はそうじゃない。

私達が、忌むべき力の根源には全て赤や紅が含まれているから、常に戦線においてもその感情を忘れないようにという戒めのためだった。

「シロ。これから見ること全て、主様には内緒にしなさいよね」

「ん」

今のはわかったたってことよね？

まあいいか。とりあえず着ている服を脱いでいく。

「……露出狂？　主好みかもしれないけど……圧倒的にボリュームが足りない」

「違うわよ！　こうしないと、帰りに着る服がなくなるのよ！」

全てを脱ぎさって裸になった私は、そのまま手を地面につけ四つんばいになる。

ああ、この感覚は本当に嫌いだ。

体の奥底に沈んでいる力をゆっくりと全身に巡らせていくと、銀色の体毛が生えていき、爪も牙も鋭く伸び、体も大きくなっていくのを感じていく。

「そうよ。私は狼魔族とのハーフだからね」

私の父は、狼人族の魔族であった。

傷つき、倒れたところを一人の村人が助け、そのあと恋に落ちた二人の間に生まれたのが私。

私の紅い瞳が魔族とのハーフである証拠。

鏡を見るたびに、憎しみをぶつけてしまう象徴だった。

「どう？　この姿。醜いでしょ？」

全身が銀色の毛で覆われ、魔の象徴たる紅い瞳がギラリと輝く。

牙は巨大化し、頭一つくらい容易に噛み裂けるほどに鋭い。

それでいて人語を話すのだから、今の私は魔族に見えるでしょ？

「そう？　主ならモフモフさせろーって抱きついてくると思う」

「……そう、かもね。でも、言わないでよね」

人一倍怖がりで臆病な主様にこの姿は見せられない。

怯えでもされたら、きっと私が立ち直れない。

だから、シロにはきっちりと釘を刺しておかないと。

「それじゃあ、行ってくるわ」

四足となった足に力をこめてアイナと相対している敵の横っ腹に体当たりを食らわせる。

まだ敵の方が体は大きいが、今の私ならそれくらいの膂力は十分にある。

壁に叩き付けた拍子に、脚を爪で切り裂いて動けなくしてしまう。

「貴様……紅イ瞳、ワシと同ジく魔族ではナイカ！」

「一緒にしないでよね。こっちはこれでも狼人族として生きてるのよ」

「ソルテ……。その姿は……いいのか？」

「良くないわよ。でも、この力も含めて、私達でしょう」

「……そうか。そうだな。私もちょうど熱くなってきたところだ。付き合うぞ」

アイナの髪が炎のように揺らめき、火花を散らしたような明るい色に変化していく。

剣に高温の紅い炎が纏わり付き、ところどころアイナの体からも炎が迸っている。

「ソノ髪色、災禍の種、炎人族カ！」

「美しいだろう？　この髪は、主君が褒めてくれた髪だからな」

アイナは炎の色に染まった髪を自慢するように靡かせる。

その表情から、主様に褒められたことを思い出し、胸を張っているようだ。だが……。

「アイナ……」

アイナはにこりと笑うが、それでも無理をしているであろうことはわかる。

アイナは特に、自分の力を毛嫌いしているから。

炎人族の暴走により、多くの被害者を出した事件。

力のない村人も、子供も老人も関係なく多くの民を焼き殺し、その結果各国から正式に討伐対象とされた炎人族の血を誰よりも嫌悪していたのがアイナだから。

事件は随分と前の話でアイナ自身が事件の当事者なわけじゃない。

それでも未だ残る怨恨はきっと、正体を知られればアイナにも向かうことだろう。

にもかかわらず、今は主様の下に帰るためにその力を使うという。

「……ごめんね」

「なぜソルテが謝る。あの再生力だ。私の火力が必要だろう？」

「うん……でも、ごめん」

「なら、拘束は自分がやるっすよ！」

レンゲが割り込んで入ってくると、レンゲの体には無数の紅い紋様が出来ており、それらが紅い光を放っている。

「さーて。久しぶりっすからね！　うまく加減が出来るといいんすけど……出来なかったら洞窟崩壊っすし、気合入れていくっすよ！」

レンゲの体に光る紅いラインで出来た紋様。それは、レンゲに刻まれた魔力刻印の光。

姫巫女として、レンゲは幼少期にこの刻印を刻まれている。

レンゲの故郷である砂漠の国ロウカク。

その刻印は故郷の風習で、王国では禁止されている呪法の一つ。

術者の体に負担なく、強力な魔法を使用出来るようになる上に、魔力量が常人以上に増えて濃い魔力を練ることが出来るようになるというもの。

だが、この呪法に失敗すると体に植え込んだ魔力刻印が暴走し、内部で爆発四散する可能性もあったそうだ。

そして、その成功例がレンゲだった。

「調子ニ乗るなヨ！　先ほどまで一方的にヤラレテイタ分際デエエエエ！」

完全に切り裂いたはずなのにやっぱり再生するのね……。

しかも、砕けた岩と融合させてより頑丈になっているみたい。

でも、今の私の爪は岩程度なら簡単に引き裂けるのよ。

「私があれの足を止めるわ。レンゲ、援護お願いね」

「わかったっす！　アイナ、石窯に閉じ込めるっすから、とどめは任せるっすよ！」

「主君のレベル上げの時のように囲むのだな。了解した。一撃で燃やし尽くしてみせよう」

さあ、終わらせましょう。

シロも見てなさい。『紅い戦線(レッドライン)』の本当の意味を教えてあげる。

隼人(ハヤト)が真(マコト)と対峙(たいじ)している後方で、俺は情けなくも座り込んでしまっていた。

「しかし……まさか全員来るとはな……おかげで魔力がかつかつだよ……」

「ごめんなのです。でも、仕方ないのです」

「むしろ感謝してよね。いざって時に、今の隼人を誰が止めるのよ」

うん。それはありがたい。

今目の前にいる隼人ってばなんかね？　オーラが可視化しているんですよ。

真が言っていた俺のオーラは嘘(うそ)だったのだろうけど、隼人のは俺にも間違いなく見えるんだよね
……怒ってる感じのが。

「さあ、いつでもいいですよ？　どうしましたか？」

隼人が挑発しているっ！　やはり怒っているようだ。

「お、お前が隼人か！」

「ええ、そうですよ。貴方(あなた)がお望みの隼人です」

「そいつの使い魔だったのか！」

「はあ？」

「え？」

いやーうん。ごめん。そこは俺が勘違いさせたところがあるから許してやってくれ。

というか、会話聞いてたし、ノリノリで切り札ですとか言ってたじゃん。

「イツキさんをそいつ呼ばわり……頭を落として下げさせましょうか？　確か、治せるんでしたよね？」

あ、そこ？　というか、頭を落とすとか怖いよ隼人！

俺はそこまで気にしてないからいいよ!?

今は敵視されてるわけだし、敵対者を敬えなんて求めないから！

お願い！　清廉潔白で爽やかな君でいて！

「お、おい美香！　噂だともっと勇者感があるんじゃなかったのか!?」

「そ、そのはずなんだけど……」

「うーん……完全に怒ってるわね……」

「は、隼人？　落ち着けー？　大丈夫だから。俺は大丈夫だからその、穏便にな？」

「ふふ、イツキさんは本当にお優しいですね。でも、僕はイツキさんを傷つけようとした相手を許しませんよ？　それもあんなくだらない理由で！」

隼人さーん！　もっとほら！　いつもの爽やかな笑顔になって！

白でいて！　黒いなにかとか見せないで！　優しい隼人様に戻ってよ！

「く、くだらないとはなんだ！　お前は持つ者だから持たざる者の気持ちがわからないんだろう！」

「わかりませんし。わかりたくもありません。……おおかた貴方は、二人のどちらかを選ぶことから逃げたんじゃないんですか？」

「なっ……」

「それなら僕にもわかりますよ。僕も、以前は彼女達の中から誰か一人を決めることから逃げていました。ですが僕は、イツキさんと出会って変わりました。いえ、変えてもらいました！　だから今の貴方を見ていると、自分がどれほど愚かだったのかがよくわかります」

「愚かだと!?」

「ええ……。貴方のように愚かな人に、僕の大切な人達には指一本触れさせません」

……かっこいいー！

流石は隼人。そういう台詞が似合う似合う。

剣を構えてやる気満々だぜー！

でも、さっき黒い隼人を垣間見たからなんか怖いぜ。

「あー……お客さん？」

「案内人さんどうした？」

「やー……まさか英雄の隼人様がやってくるとは思いませんでしたよ。やはりお客さんはますます優良人物みたいですね！　流石私。目に狂いはありませんでしたっ！」

いい顔でサムズアップ！　時と場合を考えてね！

「今そんなことといいから……」

「でー……本題なんですけどね。そのー……英雄であり数多くの魔族や魔王を倒したことのある隼人様が全力で戦闘なんてしたら、ここ壊れませんかね？」

…………………はっ！

そうだ。そうだった！

隼人の『光の聖剣』なんて使ったら穴どころか亀裂で真っ二つだ！

しかも真はダメージ95％カット！　何発撃つつもりだ!?

「案内人さん止めて！」

「あははは。ごめんなさい無理だと思います。私もここが壊れるのは悔しいですしお金次第で

……と言いたいですが、命は惜しいですし」

だよね！　となると、ここはやはり隼人の恋人達だろう！

流石にクリスには頼めないが、他の皆は隼人を止めにきたって言っていたしな！

「レティ、エミリー、止めてくれよ？」

「うーん……無理かも」

「……止めようとは思ってるけど、今の隼人に近づけると思う？」

「それは……なら接近職のミィ！　頑張れ！」

「無理無理無理なのです。止めるならお兄さんのほうが適任だと思うのです！」

何のために来たんだお前らー！

あれか!?　完成直後の温泉目当てか!?

このいざこざが終わったら仲良く入浴目当てか!?

違うんだって、こんな殲滅（せんめつ）！　のために呼んだんじゃないんだってー！

抑止力よ!?　俺を守る抑止力のためなんだって！

「……イメージとは多少違ったが、噂どおり美人のハーレムにイケメンか……。色々遠回りはしたけど目的は達成できる……。宣言どおり一対一で受けてもらうぞ！」

「ええ、やりましょうか。貴方が諦めて、精神が折れて反省するまで戦いましょう」

あれー？　話がいつの間にか進んでるよ！

ＭＫ５だよ！　マジで！　コロシアウ！　五秒前だよ！

今の若者には何のネタかも多分通じないよ!!

「ちょいちょいちょいちょおおおおおおおおおおおい！　待った！　まじで待って！　お願い、お願いだからちょっと待って！」

思わずまだ回復しきっていない重い体を持ち上げて叫び声をあげて二人を止める。

駄目だよ！　精神が折れて反省するまでなんて何回戦うつもりだよ！

壊れちゃうから！　直せなくなるから！

「イツキさん。ですが……」

「戦ったら嫌いになるから！　もう連絡とかしないから！」

「ええっ!?　それは……困りますね……」

「お、おい!?」

「お前も！　戦ったら不法侵入と、器物損壊で訴えるから！　竹垣だけじゃ許さないからっ！」

「なっ……」

「まーくん。隼人君はシュパリエ様とご婚約しているわ。もしそうなったら私達お尋ね者よ
……？」

「ぐっ……。王女様と婚約とか……ぐぬぬぬぬ」

抑えて！　向かってきたら流石に迎撃するなとは言えないから！

隼人よりも浴場の方が大切とは言えないし、そうなったら流石に止められないから抑えてくれ！

「やるなら外！　お外でやって！　ここでやらないで！」

「お兄さん、子供みたいなのです……でも、泣きそうな顔なのです」

「それだけ必死なんでしょ」

「でも、これで止められたみたいよ」

好きなだけ言うがいいさ！　だって、頑張ったんだもん！

帰ってくる皆を迎えるために頑張ったんだもん！

それをこんなくだらないことで壊されるとか……冒険者ギルドでの一件の再来かっての！

「じゃ、じゃあ外でやるか？」

「別に構いませんけど……あ……。はぁ……僕の出番はなくなってしまうかもしれませんね」

隼人が真の後方、山のほうを見つめたあと剣をしまってしまう。

俺も、隼人のあとを追ってその方向を見ると……。

「主君！」「ごしゅじ――――ん！」「主様(あるじさま)ー！」

三人が、ボロボロの姿になりながらも帰ってきた。

あれ、シロがいないけど……。

「ん、ただいま」

「シロ!? いつの間に!?」

「ん、さっき。ちなみに、バレた」

「ああ……いいよ。皆無事に帰ってきたんだから」

あーあ……でも、間に合わなかったなあ……。

竹垣も壊れたままだし、あとほんの少しで完成だったのに……。

三人が俺を呼び、両腕を広げてこちらに飛び込んで……飛び込んで……？ いや待て、お前ら鎧(よろい)着けっぱなしだからな！

「座標転移(ポイントゲート)！」

で、少し後方に移動。

「ひぎゃ」「ぷぎゃ」「わおおん」

あぶねえあぶねえ。あのままだとひき肉まっしぐらだったぜ……。

三人を迎えてそのまま帰らぬ人とか洒落(しゃれ)にならない。

「酷(ひど)い！ 酷すぎる！ こういう時って普通受け止めてくれるんじゃないの!?」

「主君!? あんまりだぞ！」

「ご主人の非ロマンチストー！ 空気読んでほしいっす！」

阿呆。空気を読んだ結果だっての！

嫌だろ？　無事に帰ってきたのに自分達が飛び込んだ結果俺がボロボロになってるとか！

「はぁあ……。でもこの感じ。主様の下に帰って来られたわね」

「そうっすねえ……良くも悪くもご主人の空気っす」

「ふふ、急いだかいがあったな？」

「はあ……まあなんだ。皆おか、むぐ」

三人に口を押さえられて出かかっていた言葉を止められてしまった。

その行動に驚いていると、三人がニカッと笑って手を離し、

「「「ただいま！」」」

満面の笑みで放たれた一言。

その言葉に俺は、一瞬キョトンとしてしまったが、すぐに同じく笑顔を作って応えることにした。

そうだよな。ただいまが先だよな。

「おう。おかえり」

さっきは出来なかったけど、今なら出来る。

ぎゅって三人纏めて抱きしめさせてもらう。

焦げ臭く、泥も所々についていて酷いし、切り傷なんかも残っててボロボロでも、皆無事に帰ってきてくれてよかったよ。

三人を抱きしめていると、シロと目が合ったのだが、シロは振り返ってため息を一つついた。

「ふう……あれの相手はシロがしてあげる」

「ええー……シロさん、あれは一応僕の獲物ですよ？」

「隼人は主の温泉を壊すから駄目。シロなら被害少なめ。チョンパ余裕」

あの一気を使ってくれているんだろうけど、雰囲気を壊さないでくれますかね？

シロにも遅くなったけどおかえり！　大変だったんだろうし無理しなくていいから！

それに、隼人。連れてきたのは俺だがお前はちょっと大人しくしてなさい！

感動の再会を壊してしまう悪い子達め。

幸いにも三人には二人の会話が聞こえていないのか、ぎゅっとまわされた手が緩むことはなかった。

実はちょっと苦しいと思っていると手を離され、再び三人の顔を見ると何故か照れてしまう。

それは三人から醸し出される雰囲気が、俺にも伝わってきてしまったから。

三人はそれぞれ顔を見合わせて一度頷くと、ソルテが一歩を踏み出してきた。

「すぅー……はぁ……っ」

わかりやすいほどの深呼吸を一度して俺を見上げるのだが、何故か顔を高速で逸らされてしまう。

「何やってんすかソルテ！　ヘタレ！　チキン！　狼なのにチキンなんすか！」

「ううう、うるさいわね！　いざ目の前にしたらドキドキして顔見られないんだもん……」

「ソルテ、その気持ちはわかるがこのために帰ってきたのだろう？」

「じゃあ順番変えるっすか？」

「ううう……それはやだ……。ちゃんと言うもん……」

「……ははは」

三人のやり取りを見て、俺は思わず噴き出してしまう。

「何よ主様！　どうせ滑稽だと思ってるんでしょう！」

「いやそうじゃなくてさ。俺、やっぱりお前達のことが大事だなって思ってさ」

三人が帰ってきて、今みたいなやり取りを見て本当に嬉(うれ)しいんだよ。

やっぱり、俺の幸せには三人が必要なんだと改めて思うんだよ。

「……そういうこと、先に言わないでよ……」

「悪い悪い。でも、そう思っちまったからさ。伝えないと、伝わらないだろう？」

「もう……。ねえ、クエストに行く前に言っておいたこと、覚えているわよね？」

「ああ。勿論(もちろん)」

忘れるはずなどあるわけもなく。

大事な話が、伝えたい想(おも)いがあるんだろう？

「その……ね。主様に、聞いてほしいことがあるの」

今まで見たことないような、出発前とは違ったソルテの緊張し、少し紅潮したような顔。

今度は、先ほどとは違って真っすぐに俺の瞳を見つめ、逸らすことなどせず、それだけでどれほど真剣な想いを伝えてくれようとしているのかが伝わってきた。

だからこそ、俺は黙ってソルテの話に耳を傾ける。

「まずは、ごめんなさい。出会った当初は、何度も酷いことを言って、酷いことをしてごめんなさい」

出会った当初のソルテといえば、ことあるごとに俺に噛みついて、悪態をついていた。

でも、俺としては悪友のようで楽しかったし、実害と言えるほどのことがあったわけでもない。

「レンゲの時も……私のせいで酷い傷を負わせてしまってごめんなさい。それと……助けてくれてありがとう」

レンゲの時だって、故意じゃないなんてわかってたよ。

恨んだことなんて一度もなく、助けたつもりもないいんだよ。

罰せられて二度と会えなくなることに俺が耐えられないからしただけのことなのだから。

「……洞窟の中でね。何度も主様を思い浮かべたの。辛い時も、くじけそうな時もいつだって主様が浮かんだの。……その、変なところもあったけど、それでも今ここにいられるのは、主様のおかげよ」

変な……？　なんだろう。気になるが、今は口を挟むべきではないよな。

「私はこんなだから……多分なかなか変われないかもしれない。ウェンディみたいに包容力もないし、レンゲみたいにいつだって明るくもないし、アイナみたいに綺麗でもないし、シロみたいに可愛げもないかもしれないけど……」

珍しく卑屈だ……でも、下手なチャチャを入れる気はない。

今はソルテが思っていることすべてを聞き、それを受け止める時だから。

「私じゃ、主様は嫌かもしれないけど。それでも……」

ソルテの瞳から水滴が流れ落ちる。

だが、ソルテは流れ落ちる涙を拭わずに、ただ真っすぐに自分の想いを乗せて言葉を紡ぐ。

「……主様を、好きでいて……いいですか？」

笑顔の告白……ではなく、涙を流しながらの告白。

ぽろぽろと流れ続ける涙は、止まることを知らないように落ちていく。

この言葉を言うためだけに、厳しいクエストを乗り越えてきたんだもんな。

自分の想いを伝えるというのはとても難しいことだ。

本気を、相手に知ってもらうというのは特に。

だからこそ俺のほうを向いて一切視線を逸らさないソルテから、俺も目を逸らすことなどせずにしっかりと応えた。

そして――当然答えも決まっている。

「良いに決まってるだろ」

心の中で、１００％の気持ちを乗せて、伝われと願い、そう答えた。

ソルテとは真逆の少し照れの入った最高の笑顔で。

「変える必要なんてないよ。俺は、今のソルテも大好きだぞ」

「あ……ひぅ……ぅん！　私も、主様が……大好きです！」

ぎゅぅぅっと抱きしめてあげると、ソルテは声を出して泣いた。

ここまで追い詰めてしまっていたのかと、胸がきゅうっと締まるが、これからはこんな想いをさせるつもりはないとその分強く抱きしめる。

「主様……好き。大好き……」

「ああ、わかってる。俺もだよ」

俺だって口が悪くて、短気で、小ささにコンプレックスを持っていて、仲間思いで、負けん気が強くて、泣き虫で、誰よりも乙女なソルテが大好きだ。

そっと手を離すと、目が余計真っ赤になってしまったソルテ。

でも、流れていた涙は止まり、惚れ直してしまうほどに可愛らしい笑みを浮かべてくれる。

「えへへ、言っちゃった」

「聞いちゃったな」

「覚悟しててよね！　狼は、狙った獲物は逃がさないから！」

たたたっと捨て台詞を残して二人の下に戻ると、二人に飛びつくように抱きついた。

「うう——……言えたよう……」

アイナとレンゲはそんなソルテを抱きしめて労いの言葉をかける。

「ああ、しっかり聞いていたぞ」

「頑張ったっすね！」

「うん……うん！」

「さて、次はアイナっすよ」

「私か……で、では、行かしぇていただきょう」

アイナが大きく一歩を踏み出してきた。

どうにも緊張しているようだ。まるでロボットみたいに動きが硬い。

「アイナ、頑張って！」

ソルテが両の手で拳を握ってアイナを応援すると、アイナは振り返り、硬いままコクンと頷く。

「しゅ、しゅしゅしゅしゅ、主君！」

「アイナ、後ろ向け後ろ」

「へあ？」

さて……緊張を解してやらねば。

これはあくまでも緊張を解くための行動であり、深い意味はないと公言しておこう。

……せいや！

「ひあああああ！　しゅ、主君!?　どこに手を!?　というかどこから手を入れているのだ！　鎧の内側なんて……あっ……」

はっはっはー。錬金で鍛えた高ＤＥＸを舐めるなよ！

今ならば着衣であろうと鎧であろうと好きなところを触れる自信があるぜ。

くたあっと、力なくしゃがみこんでしまうアイナが、ぷるぷるとしながら恨みがましくこちらを見上げている姿は……うん。いいね！

「主君……私だって真剣なのだぞ？」

「わかってるよ。でも緊張は解れたろ?」

「それは……そうだが……もう。ずれてしまったぞ……」

役得でした! ありがとうございます!

アイナはずれてしまった鎧を外してから立ち上がり、そのまま仕切りなおしのように「ん、んん」と咳払いをして居住まいを正すと普段の真面目な雰囲気を纏わせる。

「改めて主君。ただいま」

「ああ、おかえり。皆無事でよかったよ」

「うむ。それで、私もなんだが主君に伝えたいことがあるんだ」

アイナが胸に手を当てて、目を瞑って一度大きく深呼吸をする。

「まずは……そうだな。ソルテにならって出会った頃の話をしようか」

「ああ、俺も一度話をしたかったんだ。アイナは、どうして会ったばかりの俺の奴隷になることに積極的だったんだ?」

「そうだな……。それにはまず、私が騎士に憧れていた話をしようか」

「騎士に?」

「ああ。私は小さい頃騎士になりたかったんだ。王を守り、王を諫め、民を守る忠義に厚い騎士になりたかった。だが、私の種族ではなれるわけもなくてな……」

アイナが騎士か……似合うっていうか、凛としていて清廉潔白の騎士にぴったりのイメージだな。

種族っていうと……炎人族の問題か……。

「だから、私は冒険者になった。騎士にはなれぬが、冒険者として誰かを守れるようになりたいと願ったのだ。だが、冒険者となった今でも、騎士のように誇り高く生きようと決めていたのだ」

「だから、あの出来事の責任は自分にあるとして責任を取ったと……」

アイナの真面目なところは、そういう憧れから来ていたのか。

冒険者になったのも、誰かを守りたいという気持ちからというのが、アイナらしい優しさに溢れたものだと思える。

「ああ。私は自分のしたことに責任を取るつもりだった。それだけ……のはずだったのだがな。まさか断られるとは思わなかったぞ」

「まあさすがにな……この世界に来てまだ数日しかたってなかったのに、いきなり奴隷に……って言われてもな」

「それはそうかもしれないが……結構ショックだったのだぞ……。まあでも、だからこそ興味が湧いたと言えるのかもしれないが」

アイナの顔は先ほどの緊張顔とは違い、それは楽しそうに当事のことを話していた。

「もっと主君と話したい。もっと主君と共にいたいと思うようになっていた。そして、主君と過ごしているうちにいつの間にか私は主君を守る騎士になりたいと願っていた。……そして、私は主君に、恋をしていると確信したのもその頃だ」

アイナの顔が紅く染まる。

「初めてだったんだ。こんなにも胸が熱くなることも、もどかしくて切なくなることも、主君と話す楽しさも、主君ともっと話したいのに、話せなくて感じる寂しさも。触れたくて触れてほしくて、もっと主君と一緒にいたいのに苦しくて……。だが、もう我慢しなくてもいいのだよな？」

「……ああ。アイナの気持ちを、教えてくれるか？」

アイナは跪き真剣な眼差しで胸に手を当て、まるで騎士が王に誓いを立てるように剣を掲げる。

「私、アイナ・ヴェルムトは主君の騎士として、一生の忠誠を誓いたい！」

そして、とアイナは続け、

「私は、主君を心から慕っている。どうかこの気持ちを、受け止めてはもらえないだろうか？」

一変して柔らかな笑顔で告白したアイナに、思わず見惚れてしまう。

紅い髪が揺れ、桜色に染まったアイナの笑顔と差し伸べられた手。それは俺の時間が止まってしまったかのように美しかった。

「……主君？」

「ああ、すまん。思わず見惚れてた……」

濁すことなく、今思ったことをそのまま伝えた。

思わずぼーっとしてしまうほどに、熱く美しいアイナの告白を脳が何度もリピートしてしまうようだったのだ。

「そ、そうか。その……ありがとう。それで、返事を――」

「当然、いいに決まってるだろ。アイナにはこれから俺の騎士として、そして愛する女として俺のそばにいてほしい」

「そうか……。良かった……」

ほっと胸を撫で下ろし、心底安心したように大きく息を吐いたアイナ。

「しかし、いいのか俺で？」

「主君がいいんだ。主君じゃなきゃ、やだ」

きゅーっとなってしまったので、思わずアイナの手を引いて抱きしめてしまう。

もうこのー！　可愛いやつめ！　愛いやつめ！

「しゅ、主君……ちょっと苦しいぞ……」

「悪い、感極まっちまった」

慌てて放すが今度はアイナの方からもう一度抱きついてくる。

「……手まで放さなくても、いいのだぞ？　私はもう、完全に主君のものだからな」

「ああ。じゃあもう一度……」

アイナを抱きしめる。

今度は優しく。しっかりとアイナのぬくもりを確かめるように。

「……主君。ドキドキしているな」

「そりゃあな。アイナを抱きしめてるんだ」

「そ、そうか……その、嬉しいのか？」

「当然だろ。アイナはどうだ？」

「う、うん。その……凄く嬉しい。好きな相手に抱きしめられるというのは、こんなにも胸が鼓動して、こんなにも幸せなのだな」

「ああ。俺も今、同じ気持ちだよ」

「それに……やはり鎧は外していた方がいいな」

「あー……硬い鎧よりは、柔らかいおっぱいの方がいいな」

「そ、そういう意味じゃないぞ……。いや、確かに鎧では感じられぬ主君の鼓動や温もりは確かにあるが……鎧を着けていない時は、主君の女として抱かれているように思えるからな……」

「……そうだな」

ふと、真達三人の様子が目に入る。

「あわ、うわわわわわ……」

「美香見ておきなさい！　生告白二連続よ！」

「すごい……なんかこっちまで、じんときちゃった」

「それはそうよ！　リアルよ！　本気よ！　ライブよライブ！」

お姉さん大興奮で、美香ちゃんは顔を手で隠してるけど隙間だらけ。

真に至っては信じられないものを見ているようで、口を開けたまま停止してしまっている。

「ふふ、名残惜しいが次が控えているのでな」

「そうだな……。それに、これからはいつでも出来るしな」

「いつでも……うん。楽しみに待っていよう」

アイナが俺の手から離れ、二人の下に向かう。

「……アイナ、ごめんね。私のせいで」

「何を言っているんだ。私達は仲間だ。辛さも喜びも分かち合うからこそだろう？」

「……うん。ありがとう。やっぱりアイナは、最高のリーダーね」

ソルテがまた流れ落ちかけていた涙を拭い、アイナはそれに優しく微笑みかける。

ソルテが落ち着きを取り戻すと、二人はレンゲの方に向き直った。

「さて、次はレンゲだな」

「頑張りなさいね！」

「ふっふっふー。二人も良かったっすけど、自分はあえてその上を行くっすよー！」

最後はレンゲか。

自信満々に自らハードルを上げているようだが、一体どうするつもりなんだ？

「ご主人！」

「お、おう」

妙に気合が入っているのだが、な、なんだろうか。

「まずはあの時、助けてくれてありがとうございましたっす！」

なんと美しい。高速で土下座姿勢に入っただと!?

というか、土下座はアマツクニ文化じゃないのか？

「まあ、それはいいって」

「そう言うと思ってたっすけどね。でも自分も言わないわけにはいかないっすから！」

俺があの出来事を今更掘り下げる気はないとわかっているようだ。

俺としては、今みたいに明るいレンゲでいてくれる方がずっと助かるとわかっていても、レンゲは空気を読みつつ区切りとしてしっかりと言ったのだろう。

そして、ジェスチャーでその話は置いておいて……とわかりやすく伝えてくれている。

「ずうずうしいかもしれないっすけど、自分今回頑張ったっす！」

「ずうずうしくはないけど、そうだな。レンゲにはアインズヘイルでもお世話にもなったし……」

「だからご褒美が欲しいっす！」

「ご褒美……？　そりゃあまあ、俺に出来ることならなんでも……」

「なんでも？　今なんでもって言ったっすよね？」

「いや待て。何か怖くなってきたから出来る限りだ！」

あぶねえ。『ん？　今なんでもするって言ったよね？』状態になるところだった……。

迂闊になんでもするなんて言っちゃだめだな。

「まあいいっすよ！　ご主人に出来ること、というかご主人にしか出来ないことっすから！」

俺にしか……？　はて、なにかあったかな？

錬金……ということでもないよな。

となると俺の故郷の料理をたらふく食べたいとか……しか思いつかんが、でも……。

物思いにふけっていると、レンゲは深呼吸をする。

そして俺の方を見据えて口を開く。

「自分はご主人が好きっす！　助けてくれたのはきっかけっすけど、一緒に過ごしてきてどんどん好きになって、男の中だとご主人以外考えられないくらい圧倒的にご主人が大好きっす！」

「あ、ありがとう。俺も――」

「だから！　お願いがあるっす！」

お、おう。やばい勢いが凄い。押され気味ですね私。

すぅー……ともう一度大きく深呼吸をするレンゲ。

あれ？　心なしか若干顔が紅いか？

レンゲも緊張とかするんだな……とか、のんきに考えていたら大きな爆弾が投下された。

「自分は！　ご主人との赤ちゃんが欲しいっす！」


……。

数秒、場が静まり返る。

「「「「「「「え？」」」」」」」

そして、ワンテンポ遅れて揃った声でレンゲがなんと言ったのかを皆が確認するように聞き返していた。

だが、俺にははっきりと聞こえていた。

だから顔を紅くして真っ直ぐ俺を見つめるレンゲに、笑みを浮かべてこう返す。

「あははは。いいよ」

「「「「「「「「ええーっ!?」」」」」」」」

今度は皆声をそろえて驚きの声を上げている。

いやだって、俺に可能なことだし。

というか、俺以外に出来ないことだろうしな。

「い、いいんすか？」

「いいよ。むしろ、断る理由がないだろ」

「自分おっぱいじゃないっすよ!?　ぱいっすけどいいんすか!?」

「いいって。それはそれで好きだぜ？　手にちょうどフィットするいいサイズだぞ」

「太ももくらいしか……ご主人好みじゃないと思うっす！」

「太ももは格別だが、それ以外だって別に好みじゃないなんて言ってないだろうが……俺はレンゲも好きだぞ」

それだけ言うとレンゲはうずくまるようにしゃがみこんでしまう。

あれ？　どうした？　と思ったらいきなりかなり高く飛び跳ねた。

「いぃいいいやったー！　確約もらったっすー！」

「ちょっと待てレンゲ！」

「待たないっすー！　やったー！」

「レンゲさん!?　私が、私が先ですからね!?」

「ちょ、ウェンディ!?　そういう問題なの!?」

「当たり前です！　奴隷長は私なんです！」

「それ別に関係ないじゃない！」

「ん。レンゲ、調子に乗りすぎ」

「関係ないっすもーん！　ご主人が約束してくれたんすもーん！　あーもうご主人大好きっす！」

あーそのー……うちの子達がすみません。

ええ、後でしっかり叱りつけておきますので、出来ればその目はやめろ！

どいつもこいつもなんだその、『このスケこまし！』みたいな顔は！　いいじゃないか皆好きなんだもん。愛してるもん！　子供だって作りたいさ！　ごくごく自然な流れだろう！

その後、止まることがない五人の話し合いが続き、暫く手持ち無沙汰になる俺達。

子供の話があったからか、レティやエミリーが少しソワソワしながら隼人を意識しており、クリスは妄想しているのか顔を赤くしながらぽわーっと宙を見つめている。

ミィは隼人に、ミィも欲しいのです。と詰め寄り、隼人を困らせていると、どうやらようやく話し合いが終わったようだ。

「ご主人様？　赤ちゃんの順番は、恨みっこなしの出来た順……ということになりました！」

ウェンディを始めとした四人が俺に詰め寄って報告を終えたのだが、シロはなんだか不満そうだ。

「……納得いかない」

「ふふーん。早く成人しなさいよ」

「その前に自分達の赤ちゃんが先かもしれないっすけどね！」

「主から四六時中離れない。邪魔する」

「それは流石にカンベンしてほしいのだが……」

俺からおあずけ、と言われているシロはどうやらご立腹のようだ。

もう少し年齢を重ねたら……な。

さて、そろそろ真君の様子を見てみようか……。

白い。いや、灰色か？　燃え尽きてるのか？

呆然と立ち尽くしたまま、目には光がなく灰色に染まってしまっていた。

「真！　真しっかりして！」

「はっ！　俺は何を……。ふう、ビックリした。悪夢を見ていた。あいつが、三人の美少女に告白されるシーンをただただ見せられてる悪夢だった!!」

「夢じゃないわよ？　現実よ？」

「嘘だ！　あれは夢だ！　夢であってくれ！　じゃないと、俺は……俺はっ！」

「真、あれは本当だよ？　夢じゃないんだよ！」

「いやあああああああ！」

どこから声を出しているんだといったような高い叫び声を、耳を塞ぎながら上げる真。

そんなにも衝撃だったのだろうか？

いや、確かにハーレム願望のある真の前で行うようなことではなかったかもしれないが。

「はぁ……はぁ……。な、なああんた……あれは夢だよな？」

「いや……事実だけど……」

「いいいいやあああああああああ！」

またか！　こいつ、ショックで死んでしまうんじゃないか!?

顔が『ムンクの叫び』みたいになってるぞ。

「あああああ！　なんでだよー！　なんであんたが、そんなにもてるんだよー！」

そんなことを言われてもな……。

「まさか！　あんたも英雄なのか!?」

「んなわけあるか……俺は非戦闘系だぞ……」

「だが、さっきあんたは召喚師って……はっ！　まさか、その美少女達はあんたの召喚獣なのか!?

それなら納得が――」

「あ、悪い。それ嘘な。ただのしがない錬金術師だ」

「はぁああ錬金術師!?　なるほど、媚薬（びやく）や怪しい薬を作って彼女達を洗脳しているんだな!?」

「おい。いい加減にしないとしまいには怒るぞ？」

そこまでするくらいなら、大人しく色街に通い詰めるわ！

「そうよ。あのね、私達には『鑑定』スキルがあるんだから、そんなことすぐにわかるでしょう
……」

「いやほら。俺達流れ人のユニークスキルで……」

「ユニークスキルって、これのことか？　『お小遣い』」

俺がお小遣いを唱えると、今回は金貨が五枚だけ降ってくる。

残念ながら今日はウサギマークがない日なので、お金だけだ。

「空から……何か降ってきた？」

「ああ。一日一度、お金が貰える『お小遣い』ってユニークスキルだ。最近は特別な物も貰えてるんだが、便利だぞ？」

まず食いっぱぐれることはないからな。

それに、最近は女神様からのサービス品が本当に嬉しいばかりである。

「おこ……お小遣い……？　なんで女神様はそんな……」

「あー……選択式だったからな。やっぱりお前達は違ったのか？」

「私達はそれぞれに合ったスキルを女神様に選んでいただきましたが……」

うーん……。やっぱりそっちが普通なのか……。

それか、時期によって変わっていたとか？

組み合わせが足りなくなって、俺の時には選ばせた方があと腐れがないだろうって状態だったとか……？

多分俺の方が後だったのだろうし、その可能性はありそうだ。

「……でも、さっき三人が飛び込んできた際に使ったスキルってもしかして空間魔法ではないですか？」

あー……やっぱり気がつくか。

流石は『魔道の極意（ウォーロック）』。そりゃあ自分に使えない魔法を目の前で見ればわかるよな。

「そう……だな。お察しの通り、空間魔法だ」

「そうか！　そのスキルを使って、敵を倒して——」

「だけど、空間魔法はどちらかと言えば補助系で、戦闘にはあんまり使えないんだけどな」

「そうなのですか？」

「ああ。魔法空間に収納したり、移動したり、気配察知なんかしたりするには便利だけどな。残念ながら、俺に攻撃スキルはないよ」

「なるほど……空間魔法も興味があったのですが、私はこちらで良かったかもしれませんね」

『不可視の牢獄（インビジブルジェイル）』で攻撃することは可能だが、あれって魔法耐性が高いと効果ないしな……。

やはり、防御主体で使うのがいいだろう。

真のパーティならば、バランス的にも美沙（ミサ）ちゃんは『魔道の極意』で良かったと思うぞ。

「ぐぅぅうう！　じゃあ、なんで！　あんたは！　そんなにもてるんだよおおおお！！！　英雄でもないくせにいいい！」

いや……別に英雄じゃないと駄目ってことはないだろうよ……。

ただなにかと英雄といえば、そういった印象があるってだけだろう。

「ねえ、主様？　あれ誰？」

「主君の知り合いか？」

「黒髪黒目……流れ人っすかね？」

「ぐふぅ……っ！」

おい、今更気がついたのか？

一応お前達はさっき、あいつらを飛び越えて出てきたんだぞ？

すまん真。悪意はないんだ。

だからこれ以上胃の辺りを押さえて苦悶の表情を浮かべないでくれ。

「な、なあ君達、そいつの何がいいんだ？　言っちゃあなんだが、ただの普通のおっさんだろ!?」

「おっさ……っ！」

おっさん……おっさんか……。

そうだよな。高校生から見れば、俺はただのおっさんだよな……。

「イ、イツキさん！　大丈夫ですか!?」

「駄目かも……」

「ん、シロが、殺る」

「いえ、僕が――」

「あーあー！　大丈夫ー！　傷ついてなんていないから！　俺超元気！」

おいおいおい、危うく落ち込んでもいられないのか！

「……あんたなに？　いきなり主様におっさんとか……」

「そうだな。主君はまだおっさんなどと呼ばれる年ではないぞ」

「そうっす！　精神年齢はまだまだ子供の領域っすよ！」

褒め……てるつもりなんだろ？　そうなんだよなレンゲ？

案内人さん、ぽんぽんって肩を叩かないで、頭を撫でないで優しくしないで。その一連の動作は余計傷つくだけだから……。

「ご主人様……」

「ありがとうウェンディ。うん。大丈夫だから。優しく抱きしめられると泣いちゃいそうになるから……」

そうだよな……隼人と普通に話してはいるけど、結構年齢は離れてるんだよな……。

「ぐっ……そんな、女に守られているような男がいいのか!?」

「仕方ないでしょ！　主様は弱いんだから！」

「そうだぞ！　怖いと言っている人間に、無理矢理戦わせる必要はないだろう！」

「いえーい！　ビビリじゃないとご主人じゃないっすよー！」

レンゲ、お前は後でデコピンの刑だ。

絶対楽しんでいるだろうお前！　まだ浮かれてたのか!?

「……強いからとか……格好いいからとかじゃないのか……？」

へっ。そんなところ、俺には一片もありませんってのツ！

普通で悪うございました！　もういいだろ！　これ以上俺をいじめないでくれ！

「まあ、自分達はそんな理由でご主人を好きになったわけじゃないっすからね。ただ、今ここにいるご主人が誰よりも好きなんすよ。それに、格好いいところも沢山あるんすよ」

「そうね。時々見せる真面目な顔とかには特にグッときちゃうけどね。好きになってからは、全部好きなのよ。弱さも、エッチなところも、ちょっといじわるなところもね……。まあ、程度は考えてほしいけど……」

「主君なりに、出来ることをしてくれているんだ。私達も出来ることを主君に返しているだけだよ。持ちつ持たれつ……お互いが支えあう。それが、私達のあるべき形だと、私は思っている」

……おい。下げてから上げるとか、卑怯(ひきょう)だろう……。

「私達は、皆ご主人様が大好きです。あなたは普通の……などと言いましたが、私達にとってはかけがえのないご主人様なのです」

「ん。主が笑ってそばにいてくれる。それだけで十分。それが一番の幸せ」

あー……目頭を押さえてしまう。

いかんなあ……年かなあ……。

「イツキさんは、強さ以外にとても魅力を持っている方です。僕も、イツキさんが大好きです。お兄ちゃんのようで、友人のようで。この世界にイツキさんが来てくれて、僕は救われました……」

「……実際救われたのは俺だけどな」

あの日、隼人がいなければ俺は今ここにすらいない。

何度感謝したってしきれないほど、隼人には恩を感じている。

今、皆と一緒にいられることだって、突き詰めれば隼人のおかげなのだから。

「それは違うわよ。あの日から、隼人は変わったもの」

「そうね……。一人で悩み苦しんでばかりいたのに、笑顔が多くなったのは、やっぱりあんたのおかげよね」

「隼人様は元々格好良かったですけど、もっと格好良くなったのです！　お兄さんのおかげなのです！」

「お兄さんは良い人です。私も、お兄さんのおかげで隼人様ともっと仲良くなることが出来ました」

　はぁぁぁぁ……。

　俺はそんな大層な男じゃないよ。出来ることを一つこなすだけで精一杯だ。

　でも、皆の言葉を素直に嬉しいって思ってる……ありがとう。

「……えーとえーっと……お金持ちでケチじゃないですし、ちょっとエッチで素直で意外と可愛い感じで悪くない顔ですし、手玉にとれそうでチョロそうな……」

「いいよ。無理しないで……」

　案内人さんとは出会ったばかりなんだから、無理して褒めようとする必要はないっての……それに本当に十分なんだって。

「そんな……そんな……。じゃあ、俺の努力は一体なんだったんだ……。英雄になれば、ハーレムが築ければ、自分に自信が持てるようになれば、二人にも……応えられると思ってたのに……」

「まーくん……」

「真……」

「俺は……二人が好きだ！　告白されて嬉しかった！　なんで俺なんかにこんなにも魅力的な二人がって戸惑ったけど凄い嬉しかった。でも、俺はどっちも好きなんだよ……。選ぶことなんて出来なかった！　どっちかしか幸せに出来ないなんて、俺は嫌だったんだよ！　だから……告白を有耶無耶にして……。異世界に来られて嬉しかった……英雄になって、ハーレムを作れるようになれば二人にも応えられると思ってたから……」

　告白……された？　え、二人から？

　……はぁ。やっぱり同情の余地のないリア充じゃねえか……。

「……でも、二人はそれを良く思ってなかったんだよな。ハーレムなんてくだらないって……。俺には出来るわけないって……。だから、頼む！　迷惑をかけたのは悪かった！　だから、あんたみたいに英雄でもないのに、複数の女性と愛し合える秘訣があるなら教えてくれないか！」

「それは僕も聞きたいですね。イツキさんってなんでこうも人を惹きつけてしまうのでしょうか？」

　惹きつけてって……いや、そんなことはないんじゃないか？

　そんな秘訣なんて俺自身が知るわけ……あれ？　なんだ？　皆黙って俺の方を見てるんだが？

「主様って、すぐに人と仲良くなるのよね」

「ん。神官騎士団のテレサとか、副隊長も危ない」

「アインズヘイルの領主様も危なくないか？」

「アイリス様もですよね……」

「あはは、女たらしっす！」

「わお。大物の名前が沢山出ましたね。やはり優良……」

酷い言われようだ！

先ほどまでの感動を返せと怒鳴りつけたくなってしまう。

そして未だにやまぬ俺への熱い視線。

美香ちゃんや美沙ちゃんもこちらに注目しているのだが、え？　答えなきゃいけないの？　俺自身がよくわかっていないのに!?

「えー……あー……。なんだ……その……一人一人を……大切にする気持ちとかじゃないか？」

なにこれ！　凄い恥ずかしいんですけど！

「おお！　いや待ってくれ！　でも俺は二人のことを大切だって思ってる！」

「あー……言葉にして伝えたか？　思ってるだけじゃ、伝わらないこともあるし……言葉にしなくても伝わる関係も素敵だと思うが、やっぱりちゃんと伝えるって大切だぞ？」

「伝えて……。あ……。ご、ごめん。俺、二人にちゃんと伝えてなかった……」

「僕は皆に言ってますよ。大好きだって。毎日欠かさず抱きしめてから伝えています。イツキさんの教えどおりに！」

いや、俺はそんなことは言ってないはずだ。

少なくとも、毎日抱きしめて伝えてやれなんて言ってない！

「は、恥ずかしいですけど……毎日隼人様に言われると幸せです」

「……そうね。悪くはないわよね」

「そんなこと言って……。レティは二回も催促しているのを知ってるわよ」

「レティだけずるいのです。ミィも甘い言葉を毎日ささやいてほしいのです」

毎日甘い言葉をささやくなんて、俺は伝えていない！

真！　勘違いするなよ？　それは隼人のオリジナルだからな！

「……いいなあ」

「ん。シロも推奨する」

「……主様から毎日……」

「それは……幸せだろうな」

「っすねえ……」

おいやめろ。そんな期待する目で俺を見るんじゃない！

そういうのは大事な時にしっかりと伝えるから！

毎日とか……考えただけでこそばゆい……。

「なるほど……他にはなにがあるんですか!?」

え、他には!?　というか敬語になったぞ。

ええ……っとって、なんで俺は真面目に考えているんだろうか。

この質問に、正しい答えなんてないだろう……。

「あー……あとは、こっちがお願いするなら、相手のお願いもしっかりと聞くとか……」

「好きな子からのお願いだと、何だってかなえてしまいたくなりますよね」

「俺は……俺は基本的に自分のことばっかりだ……。俺がしたいようにして、それに二人が付き合ってくれていた……」

「英雄になろうとして、結構無茶をしたんじゃないか？　危ないことに付き合ってもらって、お礼は伝えているか？　その……なんだ。恥ずかしがらずに行動することが大切だと……思うぞ」

今現在もの凄く恥ずかしいんですけどもね！

「感謝……。心ではしてても、気恥ずかしくて、言えてなかったかもしれない……。ごめん。二人とも……俺……駄目だなあ……」

「いいのよまーくん。それは、私達が決めたことだもの」

「うん。私達も、真といたかったからついて行っただけだからね」

「二人とも……。ありがとう……」

なるほど。他人のラブコメを見せられるというのは、こういう気分なのか……。

だが、いい流れだ。良い締めくくりになりそうだ。

こんなところだろう？　もういいよな？　もうないよな!?

「で、それで全部ですか!?」

まだあるのか……だがそうだな……。

「……後は、何を賭けてでも幸せにするって覚悟だろ。俺は弱いけど、こいつらのためになら世界だって敵に回す覚悟はあるぞ」

「……そうですね。僕も大切な人のためならば……誰であろうと敵に回せます」

隼人と目を見合わせると、ニコリと笑顔を向けられる。

俺も、それにつられて笑ってしまったが、やはり隼人は良い男だ。

「お、おお……俺は……覚悟が、足りなかったのか……」

「いや、でもさ。真は二人を守り抜くって言ってたろ？　なら、それを貫き通せばいいだろう。お前の力は守るための力なんだろうし、誓いを守り通したら、最高に格好いいと思うぞ」

文字通り、体を使って好いた女を守る。

あらゆる障害から大切な相手を守り通すなんて、誠実な護り手（ロイヤルガード）の名に相応（ふさわ）しいじゃないか。

女神様も、そんな真の深層心理に気がついてスキルを渡したんじゃないのかな？

「……俺。守り通します。二人のことが好きだから。二人とも愛してるから。だから、それが叶（かな）うように、頑張ります」

「まーくん……私は、美香ちゃんなら一緒でもいいわよ？」

「私も、お姉ちゃんなら仕方ないかなって思う……。真が、決められないんじゃなくて、二人がいいって言うなら……」

「ありがとう……。でも、もっと男を磨いてから、ちゃんと俺から二人に告白するよ。ちゃんと……俺が俺を認められるようになってから……」

……ふう。これにて一件落着かな。ようやく作業に戻れるだろう。

と、思っていたら真が俺の方に近づいてきて、俺の腕をしっかりと握る。

ちなみにだが、握られただけでダメージは10だ。割と痛い。

うつむいた顔のまま、俺の手を握る真に、なんでしょうか？　と身構えていると、真の顔ががばっと上がり、俺の眼前へと迫った。

その顔は随分と気合が入っており、隼人とシロが警戒を強めたのがわかる。

だが……。

「すみません……ご迷惑をおかけしました！」

「いや、まあいいよ。それにしても良かったな。がんばれよ」

「はい！」

ふふふ、まあやっぱりこいつ、嫌いなタイプじゃないんだよな。

隼人とは違うタイプだけど愚かなまでに真っ直ぐで、悪い奴じゃないってのが良くわかるよ。

「その！　つきましては兄貴と呼ばせていただいてもいいッスか？」

「いや、駄目だけど……」

「そんな兄貴！　もっと俺に、モテ道を！　兄貴のモテ道を教えてください！」

「そんな道はない！」

っていうか、そんな道があるなら俺が知りたいっての！　そういうことは隼人に聞け隼人に！

「んん？　んんんー？　ちょっといきなり馴れ馴れしすぎません？」

「なんだよ！　お前は兄貴にもう教わったんだろ？　ならいいじゃないか」

「そういうわけにもいきませんよ……ほら、イツキさんが迷惑がっています。離れてください！」

「そんなことないッスよねー？　ねえ兄貴！」

……とりあえず頼む。今の状況をよく理解してから、落ち着いてくれ。

男が！　男の腕を！　取り合っている状況だからな！

やめて！　二人で引っ張らないで！　腕がもげちゃう！

「これで一件落着でしょうか？」

「ごめんなさい。ご迷惑をおかけして……」

「いいんじゃない？　まあ、主様らしいというか……」

「そうなの？　らしいだなんて、皆さんも大変ね……」

「まあ、主君は割といつもこんな感じだ」

「ん。早く温泉入りたい」

「せっかくだし、手伝うわよ。せっかくだしね」

「ミィも手伝うのです！」

「わ、私も……」

「ダンジョンに行く前のいい息抜きになりそうね」

「私もせっかくここまで作りましたしね。最後までお手伝いして、お給金弾んでもらわねば」

「ッスって語尾ぱくられたっす……」

おい。そんな話をしてないで助けてくれ！

いい加減放せっての！　ダメージが、鎧がぶつかってダメージが……あっ……。

第七章 さあ混浴の時間だ！

ついに、ついについについについに完成した！

俺の別荘だ！　温泉付きの別荘だ！

「あー……疲れちまった。茶番で待たされる俺らの身にもなれっての」

ごめんなさい親方！　本当に、お待たせしてしまいました……。

壊れた竹垣も直していただいて……本当に、ありがとうございます！

「えっと、ありがとう。すげえ立派な館だよ。俺の温泉にふさわしい！」

「馬鹿言え。俺の館にふさわしい温泉だろうが。ま、それなりに楽しい仕事だったぜ」

そう言うと親方は道具を肩に担ぎ、若い衆も続くように撤収を始めていく。

「じゃあな。大事にしろよ」

「お、おい、祝いの宴(うたげ)は参加しないのか？」

「そっちはそっちでやれよ。大所帯じゃねえか。こっちはこっちでやらせてもらうさ。幸い、経費は大分浮いてるんだ。一番いい店を貸し切りにしてあんだよ」

そう言うと俺には一枚の紙を差し出してきて、その内容を見ると材料費らしく、細々した詳細の下に大きく『一億ノール』と書かれていた。

予算の上限が一億ノールではあったが、本当にきっちり使いやがった……。

まあ、それ以上のものが出来ているのだから、文句はないんだけどさ。

「ああ、そうそう。暇だったから作ってやった。使いたきゃ使いな」

「これは……櫛？」

暇って、親方は櫛職人でもあるって言っていたし、これかなりの出来のものだぞ？

俺らがわちゃわちゃしている間に温泉の横に屋根付きで横になれる休憩所を作っておいてくれた上で暇だったって、一体いつ暇があったのだろうか……。

「おう。まあ、それなりのもんだ。売ってもそれなりだろう」

「売るわけないだろう。大事に使わせてもらうよ」

「そうか……まあ、何種類かあるから、獣人用と髪用で使い分けるようにしてやんな。女は大事にしてやれよ……って、言われるまでもねえか」

「ああ。勿論だ」

「そうか。それじゃあ、またな。楽しかったぜ」

そう言って親方は去っていき、残ったのは俺達と隼人達と真達の三組の集団だ。

「さーて！　私は当然参加しますよ！　お風呂も楽しみですしね」

と、俺の腕を抱きしめ上目遣いの案内人さんもまだいる。

なんだかんだ抱き着かれるのもナチュラルになってきたな。

「おう。それじゃあ、準備は任せとけ！」

「はい！　飲んで食べてただを満喫させていただきま……す？　あれ？　あれあれー？　なんで私

開かれるようである。

……がんばれ！


「シロとソルテにがっちりと肩を捕まれた案内人さんは、逃れることが出来ずに宴会前の女子会が
「え？　え？　なんですか!?　何を聞くつもりなんですか!?　あ、私やっぱりやめ、アッー！」

「そうね。私達がいない間に、どうして主様とそんなに仲が良くなったのかとかね」

「ん、案内人には聞くことがある」

を摑むんですか？」


お祝いの宴もつつがなく終了し、真達はユートポーラからそのまま旅を続けるらしい。

色々あったが迷惑をかけたお詫びの品も貰ったし、新しい友が出来たのは嬉しいことだ。

さらには美香ちゃんと料理を作る際に、図書館でもスキルを獲得することが出来るという耳より
な情報を聞いたので、アインズヘイルに帰ったら試してみるのも悪くないなと。

で、俺はと言うと……隼人の家の宝物庫にお邪魔させてもらっている。

「うーん……これはどうですか？」

「あー……重いな……」

「なるほど。それでは、これとこれくらいかな……？」

隼人が武器を手に取り、重さを確認しては俺に渡して俺も確かめる。

「ああ、これくらいがちょうどいいかも。少し重いが、慣れれば扱えるようになると思う」

「わかりました。それではこのくらいで何種類か探してみますね。……しかし、イツキさんがまさか戦闘の訓練をしたいと言い出すなんて……」

「まあ、自衛が出来る程度にって話だけどな……」

「ふふ。でも、グッときましたよ。やっぱりイツキさんは格好いいです」

「からかうなよ。……ただ、今回みたいに俺が付いていけないって状況が嫌だったんだよ。……もう二度と待っているだけなんて思いはしたくないんだよ」

「彼女達のために自分が嫌なことでも乗り越えようとするところが格好いいんじゃないですか。そして、僕を頼ってくれたことをとても嬉しく思いますよ」

「いや……武器を貸してくれないか、なんて図々しいお願いだけどな……」

まず俺は基礎からして弱いから、一から強くなる……なんてのは、何年先になるかわからない。だから、隼人にお願いして使っていない武器なんかがあれば貸してほしいと頼んだのだ。

ダンジョンで手に入る武器などがあれば、おそらく市販の物よりは強いだろうと考えてである。

「図々しくはありませんよ。イツキさんが今後死なない可能性を上げるための現実的な相談です。なりふり構っていたら、死んでしまうこともある世界ですからね……」

「……そう言ってくれると助かるよ。まあ、自分から積極的に戦うなんてことはないと思うけどな」

「そうですね。流石に一朝一夕で強くはなれませんから、絶対にダメですよ？」

「わかってる。あくまでも自衛だよ」

今だって怖い、汚い、気持ち悪いの３Ｋは継続中である。

むしろこっちに来て魔物を見て戦って、ああ俺には才能がない世界だと痛感してばかりだ。

絶対に無理をする気はないが、街の酔っぱらいのチンピラに絡まれても死んでしまうような状態から、少しはマシになりたいだけなのだ。

「よし。それじゃあどうぞ。持って行ってください」

「多いなあ……」

両手いっぱいにまとめて持たされた武器は、おそらく数十種類……。

「剣、短剣、刀、槍、長刀、斧。弓は最近クリスが練習中でして、それに自衛には向かないので省いていますが、どれがイツキさんに合うかわかりませんし、剣だけでも種類が結構ありますからね。気に入った武器があれば差し上げますから、一度試して選んでください」

「いや、せめて買い取りにさせてくれ……。そこまでの恩を受けたら、俺はお前に返せなくなっちまう」

「いえいえ。僕の方がイツキさんには恩を受けっぱなしですよ。それに、温泉作りでお金も結構使ってしまっているのでしょう？　僕達も入らせていただきますし、利用料だと思ってください」

「……そうか。じゃあ、ありがたくいただくとするよ。もし二本とか気に入ったら、その時は支払うからな」

「ふふ。わかりました。それでは、魔法空間を出してください。多分手渡すとつぶれちゃうと思うので……」

だな。しかし、隼人は俺がつぶれそうなものを軽々と持っているのだが、やはり俺と隼人ではそっち方面に大きな差があるのだと改めて思う。

俺は俺のペースで、自衛できるようになっていくしかないよな。

「うっし。それじゃあ、ありがとな」

「はい！　温泉に入りたい時はご連絡しますね」

「おう。いつでも言ってくれ！　それじゃあそっちも、気をつけてな」

「勿論です。帰ってきたら、また宴をやりましょうね！」

俺は頷きながらおうと答えて、王都を後にしユートポーラに戻る。

次会うまでに、隼人に鍛錬をしてもらえるくらいにはなっておきたいが……現実はそう甘くはないだろうな……。


で、だ。

ついに、ついについについについに来たぞこの時間が！

温泉街ユートポーラに来て、絶望を味わいながらも希望を見出し努力を重ね、最高の露天風呂を作って今ここに！　俺の願望が叶う時が来たのだ！

ああ、太陽よ。いくらお前が燦爛と輝きどれだけ眩しかろうとも、目の前の光景に比べれば幾分か劣ってしまうだろう。

「主様……なんで震えているの？」

「今目の前にある感動の光景に、俺の心は澄んでいるのだ」

「……にやけすぎてとても澄んでいるとは思えないわよ……」

なんとでも言うがいいさ。ああ、まるで絵画のような光景だ。

ソルテを含めて皆一糸まとわぬ裸での温泉浴。

生まれたままの姿で、露天の湧き出す湯につかるという文化の何たる偉大なことだろうか。

ウェンディは体を洗い、レンゲは縁に頭を乗せてくつろぎ、アイナはまだ来ていないようだが素晴らしい光景だと思う。……頑張って良かった。

「ふっふっふ！　どうですか私の水面渡りは！　見事なものでしょう！」

「甘い」

「なあ！　私よりも波紋が少ない!?　一体どこの流派ですか！」

「シロ流波紋疾走」

「まさかのオリジナル！　是非教えてください！」

案内人さんとシロは、何故(なぜ)か温泉につからずに水面を走っているのだが、湯を揺らしているわけでもないしどう注意したものかと悩んでしまうな。

案内人さんも混浴文化は知っていますからと全裸なのだが、お金取られないだろうか……。

あとシロ、波紋疾走はまずいから、後で名前は変更な。

「はあ……でも、本当にいいお湯ね」

「だろう？　底の石も滑らかかで座りやすいだろ？」

「うん。石自体の触り心地もいいし、お尻が傷つかなくて安心できるわ」

そうだろうそうだろう。お前達の体に傷でも出来ぬようにと特に注意して作ったからな。

「でも、背もたれはいまいちね」

「え、そうか？」

「……うん。だから、私の背もたれになってね」

そう言うと、体を寄せて俺に足を開かせて背もたれにしてくるソルテ。

流石に全裸で重なるってのは……いや、いいか。

「ふふ。これで最高ね……ああー……本当、頑張って良かった……」

「お疲れさん。たっぷり癒されていいからな」

「うん。温泉も勿論だけど……主様に癒されたいわ」

首を後ろに向け、んんー……と目を瞑って何を求めているのかはすぐにわかった。

「えっと……今か？」

「……駄目？」

駄目じゃない。駄目じゃないが……しているところを見られたらまったり癒されるどころではなくなる気がするぞ。

「なんでもするって約束……。キス……主様からしてほしい」

確かにソルテがクエストに行きたいとお願いしに来た時になんでも一つ言うこと聞いてやるって言ったな……。

まあ、そんな約束をしなくともソルテの望みを叶えるのは当たり前なんだけどな。

「あ……んんっ！」

「ん……」

「んぅ……はぁ……もう。突然すぎ……。でも……主様からしてもらえるのは、やっぱり嬉しい……。ねえ……もう一回……」

「はまったのか？　ん……」

「ん……うん。はまってる。出発前にしちゃってから、ずっともっとしたいって思ってたの……」

それなら……と、何度も何度も啄(ついば)むようなキスをする。

あまり深くしてしまうと、こちらも盛り上がってしまうから自重が出来るくらいにとどめなければと思いながらも、俺も夢中になってしまう。

「ん……ちゅ、あ、はぁ……ん……はぁ、んんっ」

ソルテは目をトロンと蕩(とろ)けさせて俺の頭に腕を回して自分のタイミングで口を押し付けるほどに夢中のようだ。

偶々(たまたま)他の皆には見られずに済んだようだが、唇を離すとお互いに呼吸を少し荒くして、ソルテは濡(ぬ)らした唇を少しだけ開いて唇を指でなぞる。

「はぁ……はぁ……幸せぇ……。んふふ……」

「ああ。俺も……気持ちよかった」

「そっか。うふふ嬉しいな。もっと…………ねえ。何か当たってるんだけど……」

「あーいや……まあ仕方ないだろ？」

ソルテが俺にもっと寄り添おうと後ろに下がると、背中に硬い感触が当たったのか気づかれてしまったようだ……。

「はぁ……本当変態よね。……今は、いちゃいちゃしたいのに……」

「いやいや、正常な反応だろう？　こんなに可愛いソルテに裸でくっつかれながらキスをしたんだぞ？　当然の反応だろ……」

目の前にはソルテの旋毛と犬耳と、珠のような肌の肩。

少し見下ろせば……っと、腕を取って抱きしめさせられたぞ？

「はぁぁぁ……やばいかも。取ってつけたような誉め言葉だってわかってるのに、嬉しくて顔がにやけちゃう……。これはまずいわ」

「いいじゃんか。だって、これからはずっとこんな感じだぞ？」

ソルテに取られた手でぎゅっと力をこめて抱きしめる。

小さくて柔らかい体で、すっぽり収まってしまいそうだ。

「そうね……でも、思いもしなかったわ。主様と……あんたとこうなるなんて」

「そう……だな。ソルテは俺のこと嫌いだったろ？」

「嫌いってほどじゃ……ううん。一番初めだけは嫌いだったかも。アイナが知らない男に取られちゃう！って」

まあ、それは至極当然のことだろうな。

いきなり現れた怪しい流れ人に大切な仲間が取られそうになれば、相手を嫌うのも頷ける。

「でも、主様と関わって、少しずつ好きになって……自分の気持ちを認めたら、今はこの温もりが愛おしいの。もう手放したくないわ」

「ああ。絶対手放さないぞ？」

「うん。大事にしてくれなきゃ嫌よ？」

俺の手のひらを取り頬に当てて、温もりを確かめるようにし温泉以上に温めあうような俺達。

もう一度、もう一度だけ触れ合うようなキスを――。

「ああー！　ソルテがめちゃくちゃいちゃついてるっす！」

そんな俺達に気づいたのか、まったりしていたレンゲがバシャバシャと音を立てながら近づいてきた。

「……だって、主様が空いてたんだもん。せっかく想いを伝えたのよ？　一緒にいないなんてもったいないでしょ？」

「なあーっ！　ソルテたんが手ごわくなったっす！」

「……ふふなんてね。譲ってあげるわよ」

「お、おお……いいんすか？」

「せっかくの主様の中央だもの。それに、私抜け駆けもしちゃってるし……普段から陣取るシロが洗い場にいる間に満喫しなさいよ」

ソルテがその場で立ち上がると、ぷりっとした小さめのお尻と水にぬれた尻尾が目の前にあり、思わず触れたくなるのを我慢していると、今度は色が違う尻尾とバランスが素晴らしいお尻と太ももが俺の前にやってきて下へと下りてきた。

「えへへ……ソルテ。ありがとうっす！」

「レンゲだって頑張ったんだからご褒美は欲しいでしょ？　でも、次は譲らないからね？　さて、私も髪を洗ってくるから、ゆっくりしなさい」

それだけ言うと少し名残惜しそうに唇に触れながらもウェンディ達のいる洗い場の方へと進んでいくソルテ。

まあ……続きはまた今度だな。

「はーいっす！　えっへへ。この感じいいっすね！　後ろからご主人に包まれて！」

そうだな。それはいいが、水流が出来るからお湯の中で尻尾を振るなよ。

「んっふっふふー。ご主人ほら、手を前に」

「はいはい。こうでいいか？」

「っす！　あ、ぱいは揉んじゃ駄目っすよ？　抱きしめる感じがいいんすよ」

ちぃ……注文の多いお姫様ですな。

まあ、これはこれで気持ちいいからいいんだけどさ。

「極楽極楽！　後は……ご主人ご主人」

「ん？　どうした？」

「んんー……」

唇を突き出すようにして、目を瞑りこちらへとゆっくりと近づいてくるレンゲ。

アクセサリーを着けてやる時も同じようなことをしていたが、今回はちゅ、と軽く触れるようにしてやると、レンゲは驚いたように目を見開いた。

「おわっ！　ほ、本当にしてくれるとはっ！」

「いや、だって恋人同士だしな……」

それに、さっきソルテともしたし……なんて俺は阿呆ではないから言うわけもないが……。

「おお……そっすよね！　じゃあ、もう一回っす！　ファーストキスがよくわかんないのは困るっすから、次がファーストキスっすからね！」

次がと言っている時点で……いや、何も言うまい。

今度は体ごとくるりと回って対面し、目を瞑って近づいてくるレンゲだが、俺は唇が触れ合う手前で止まってみる。

すると、それに気づいたレンゲが目を開き、腕を俺の首の後ろに回して自分から唇を合わせてくれる。

「んん……ちゅ、なるほど……ソルテの言う通り自分で体験しないとわからない感覚っすね……。ドキドキして……頭も心も熱くなるような……あれ？　なんでご主人欲情してんすか？　臨戦態勢でガッチガチじゃないっすか！」

腕を首に回したせいか近づきすぎてしまい、自分の下腹部に当たった俺のエクストラをつんつんと突くレンゲさん。

というか、レンゲの方は座り方が俺の足と交差するようなM字なので、ぱいやらお湯の中のなんやらが丸見えなんだが隠さないのか……。

「えっと……何かした方がいいっすかね？」

どうやら知的好奇心が勝り、こっちに釘付けのようだ。

じいいいっと見つめて顔を少し赤くしているのは、温泉のせいか否か……。

「いや、何もしなくていいから……」

「でもでも、ガッチガチで苦しそうっすよ？」

照れながら両手で恐る恐るどうすればいいのかわからないまま握っているのはやめてくれないらしい。

そうやって刺激があると、いつまで経っても収まらないんだが、レンゲにはわからないよな……。

「苦しくはないんだよ。ただまあ、刺激があると自然にな……放っておけば勝手に収まるから、気にしないでいいぞ」

「そういうもんなんすか……あれ？　でも前自分とお風呂に入った時はこんなじゃなかったっすよね？」

こんなと言いながら指で先っぽの方を押すんじゃない……。

抵抗のある方へ押して戻ってくるのを驚きつつも楽しむんじゃない……。

「あの時は流石に男嫌いって言われてたから抑えてたしな。そういえば、ちゃんと処理してるんだな」

「当たり前っすよ！　もうあんな恥ずかしい真似はさせないっす！……でも、あの時は変態のご主人は嫌っす……って思ったっすけど、自分が好きな相手だと色々なことしたくなるっすね」

「……そうだな……愛ゆえにってやつだ」

「愛はいいんすけど、太もも触りすぎっす」

「愛だからな」

　せっかく手を伸ばせばレンゲの太ももが触れる位置にあるのだから、愛ゆえに触らねば失礼だろ。レンゲは触ってくるのに俺は触っちゃいけないとか不公平だと思う。

「愛を盾にすればなんでも通るわけじゃないっす……って！　何で流れるようにとんでもないところを触ってるんすか！」

「んー？　ちゃんと処理してあるんだなって」

「それはさっき見て確かめたじゃないっすか！　あ、や、ちょっとそこは本当に駄目っすよ！」

「いやいや、見るのと触るのとじゃ別だよ別」

「……心なしか、ご主人のがさっき以上に元気を主張してきたんすけど……収める気はあるんすかね？　もしかして、ここで自分は初めてを！……って、流石にここじゃあムードの欠片もないっすよ……」

　そりゃあレンゲの太ももに触りつつ、レンゲも触るのをやめないのだから、元気もやる気も満ち溢れるに決まっているだろう。

　だが、流石に温泉に浸かりながらおっぱじめようとは思っていないさ。

温泉は公序良俗にのっとりそういうことをしてはいけない場所だからな。するのなら、それこそ館の中に戻るか、親方が作ってくれた休憩所か、あっちの岩陰で……まあ、二人きりだったらの話だけどね。

「全くもう。ご主人は本当に困った全くもうっすね。いちゃいちゃだったはずが、えちえちになるのはデフォルトなんすかね……？」

「きっかけはレンゲだろうに……まあ、好きだけど」

それに、俺も色々と我慢はしていたんだよ。

最後の一線は言わずもがな、触れてもソフトタッチにとどめていたはずだ。

「普通に触られるのは良いんすけど、ご主人どんどん先に進むからまだ追いつけないいんすよ……。いつか手玉に取れるようになりたいっす……」

「はは。いつかな？　さて、そろそろ案内人さんとかが食い入るように見つめてきているし、まったり温泉を満喫しようぜ」

「お、おお……周りに目を配る余裕もあるんすね……」

「あれあれ？　お仕舞いですか？　続きは私がしましょうか？」

「お断りっす！　案内人がするなら自分がするっすし！」

いやいや、これ以上は本当に止まれなくなっちゃうからね？

半ば暴走するように、初めてとかお構いなしになっちゃうんだからね？

「はぁ……いい湯だな……」

「ですねえ」

「っすね。案内人がご主人にくっついてなければ最高の温泉っす。ご主人早く振りほどくっすよ」

上に乗っていたレンゲを下ろすと、両腕にレンゲと案内人さんが抱き着いてきた。しかも、案内人さんは腕組みと同じで一味違い、足まで絡ませてくるようだ。

僅かに、ほんの僅かレンゲほどではないにせよ、案内人さんの太ももも素晴らしいものだ。

そんな素晴らしい太ももを絡ませてくるのだから、俺には抗いようがない。

というか、物理的にも案内人さんの方が強いので外せない。

ま、まあ性的なことではないのだし、ギリギリセーフということで……。

「全く……なんで仲間外れにするんですか？ そういうの良くないと思います。いいじゃないですかぁー。あ、なんだったら紅い戦線？ でしたっけ？ そこの臨時メンバーになってあげてもいいですよ？ そうしたら私もお仲間に！」

あー……案内人さんは事情を知らないから仕方ないとは思う。

だが、パーティの絆を深めたであろうレンゲ達にその発言は地雷だと断言しておこう。

「……シロー！ シロどこっすかー！ 案内人がご主人をまた誘惑してるっすよー！」

「わーわーわー！ やめてくださいよう！ もう正座で尋問は嫌ですぅ！ あの小さい子予想以上に強そうだから歯向かいたくないんです！ ごめんなさい！ 冗談は謝るからしぃーでしぃーでお願いします！」

案内人さんの声がまず誰よりも大きいのだが、シロはのぼせたのかどうやら休憩所でお休み中のようである。

　まあ、熱いお風呂は苦手だもんな。今度は区画を分けてぬるくしてあげよう。

　ちらりとシロが案内人の方を見ると、物凄い速さで足の絡みを解くので、大分シロには弱いようだ。

「えっと……主君今は忙しいか？」

「お、アイナ。遅かったな。どうしたんだ？」

　アイナは大きめのタオルを巻かずに体の胸のあたりで押さえ手で隠しているが、おっぱいの先と大事なところは見えないまでも逆にエロイ感じがしている。

　おそらく自分では気づいておらず、隠していいのか皆と同じように開放的になるべきかの狭間で悩んだ結果だろうな。

「いや……その精神統一をな……」

　精神統一？　温泉に入るだけなのに？

「そ、それでは主君……体を洗ってくれるだろうか……」

「ああわかった。背中を洗ってやるって約束してたもんな」

　よし。任せておけ。俺が鍛え抜かれた高ＤＥＸの背中洗いで綺麗にしてくれるわ！

「ええー行っちゃうんですかー？　ほらほら、背中よりもお胸の方が好きじゃないですかー？　私の形がとてもいいと思うんですよ」

　いや、うん案内人さんのぱいはお椀型で桜色のそれも可愛らしいのは事実なんだが……。

そういえば、アームガードは外しているがアクセサリーの方は着けたままなんだな。

……やはり、武器はそこから出しているのだろうか？

「おっぱい一つよりもぱい二つっすよご主人！」

さっきまで微妙な仲だった二人が何故か俺を放さず協力して渋りだし、立とうとしても立たせてくれない。

「あの主君……」

ちょ、ちょっと待ってね。

ええい、やめんかお前ら！　放せ！　俺はこれからアイナの背中を洗うんだよ！

洗って洗ってゴシゴシするんだよ！

「いやその……だな。背中だけでなく、前の方もお願いしたいのだが……」

「へ？」

驚いた声を上げたのは俺だが、どうやら二人も驚いたらしく摑まれていた手がするりと抜ける。

そりゃあそうだろう。だって……アイナだぞ？

言っちゃあ悪いが、男嫌いのレンゲよりも性のアレコレがわからないと思われるアイナだぞ？

「だ、駄目だろうか……も、勿論背中側からだぞ？　前からは……ちょっと恥ずかしいからな……」

いや背中側からだとしてもちょっと恥ずかしいどころじゃないと思うんだけど……だが、アイナがしてくれというのなら俺としては異存はない！

むしろ喜んで頭を下げてお願いしたいところである。

拘束の取れた俺はアイナの後ろを歩き、形の良いお尻を眺めながら洗い場へと向かう。

後ろでレンゲが「アイナが、アイナがご主人色に染まっちゃったっす……」と地味にショックを受けているようだが、ノンタッチでいこう。

そして、ついにこれを出す時が来てしまったようだ。

「……主君？　これは……」

この浴場は広い。広いからこその代物。

普通のスライムの被膜よりも頑丈な、シロが取ってきてくれたアシッドスライムの被膜を用いて薄く加工したプールマットの出番である！

「アイナはそこに横になってくれればいいぞ」

そして、マットには必要な物がある。

そう。ローションだ。

ローションの作り方は簡単で、スライムの被膜を火にかけて温めて溶かすだけ。

あっという間にとろっとろのローションの出来上がりである。

で、これとめっちゃ泡の立つ石鹸（せっけん）を組み合わせれば……！

「ヌルヌルの泡……？」

「そう。ヌルヌルの泡が表皮の汚れを深いところまで取り除き、更に保湿成分もたっぷりなのだ！」

つまりこれは美容のためのものである。

別にエッチなことをするために用意したのではなく、女性陣の美と清潔のために用意したものだということは覚えておいてほしい。

あ、ちなみに排水する際は温泉のお湯でヌルヌルが弱くなるので問題はない。

「こ、この体勢はお尻が丸見えで恥ずかしいな……」

アイナは形の綺麗なお尻を手で隠すようにしてはいるものの、残念ながら全部は隠しきれていない。

物凄く恥ずかしがってはいるようなので、なるべく見ないようにしてあげよう。なるべくね。

「それじゃあ、リラックスしてくれ」

「う、うむ……まさか背中洗いがこうなるとは……ひゃあ……！　あ、温かいぞ!?」

「ああ。温泉を少し混ぜているからな。でも、気持ちいいだろ?」

「う、うむ……なんだか初体験ばかりだが……主君を信じているからな。主君に身を任せよう」

アイナはそう言うと、お尻を隠していた手を外して両手をあごの下に置き、ビーチフラッグの体勢のようになった。

一糸まとわぬアイナの後ろ姿に、足先から頭の方までついつい見とれてしまう。

……だ、大丈夫。アイナの期待を裏切ることはしない。しないはずだ。

「それじゃあ、背中から洗っていくぞ」

「うむ。よろしく頼む……」

アイナの背中を見ると、はみ出すようにおっぱいが見えており、人生で稀(まれ)にしか見えぬと言われている後ろからはみ出した後ろ乳を眺めることが出来る。

そちらに手を伸ばしたくなるのを抑えつつ、まずは柔らかめの布にたっぷりとローション付きの泡を掬(すく)い取って背中から撫(な)でていく。

「あ……んん……変な感覚だが気持ちがいいな……」

「力加減は大丈夫か？」

「うむ……もう少し強いくらいで大丈夫だぞ……。それに……その……布を使わなくても構わないのだが……」

「え？　いいのか？」

「う、うむ……。大丈夫だ。先ほど精神統一してきたからな。妄想の中での主君は素手だったから、おそらく大丈夫だと思う……」

……それは、精神統一なのだろうか？

妄想って言ってしまっているので、おそらくは精神統一ではなくシミュレートだと思うのだが……つまりこれは、アイナは素手で洗われる覚悟が出来ているということだ。

ならば、ご要望通り素手で洗わせてもらうとしよう。

まずはたっぷりとローション付きの泡を背中に落とし、手のひらの腹の部分を使って伸ばすように広げていく。

アイナの背中は冒険者だとは思えぬほどにすべすべで、触れているだけでこちらが気持ちよくなってくる。

「んはぁ……んん……想像よりも、刺激的だな……」

「ま、まあ得てしてそういうものだ」

現実は時に想像を超えるものなのだ。

現に俺も想像以上にドキドキしているのだから。

「あ……そこもか……？」

「ああ。全身くまなく洗わないとな」

手を伸ばした先にあるのは、丸くて柔らかそうなお尻である。

柔らかそうという予想はすぐさま柔らかいと断定できたのだが、ローションと泡でテカリが出てくると、丸みと艶がよりエッチな感じを際立たせてくる。

「ああ……主君に今、お尻を触られているのか……」

「一応洗っているだけだからな？」

「それはそうなのだが……そこは想像していなかったから、流石に少し恥ずかしい……」

そりゃあ本来は背中洗いと言えば、座って行うものを想像していたのだろうから、シミュレートにはなかったのだろう。

「あの……心なしか、ねちっこくないか？　主君と想いが通じて、主君にもっと触れてもらえるのは嬉しいのだが、まだ慣れて……っはぁ……」

やばい…アイナはおっぱいも大きいがお尻も立派で更にはこんなにも柔らかいのか……。

張りもあり、指で押すと楽に形を変えるのだが、離すとすぐさま押し戻してくるような強さがある。

いつまでも触っていたくなるような魅力がこのお尻には溢れていて、どうしたって手が離せない。

「しゅ、主君？　流石にそこばかり執拗に洗うのは恥ずかしいぞ……そ、そろそろ別のところをしてもらいたいのだが……」

「あ、ああ……すまん。別のところか……」

名残惜しいが、あと二揉みで終わりにしよう……本当に名残惜しいのでゆっくりとだが……。

「うむ……その……前の方も……」

「えっと……俺は大丈夫だが、アイナは大丈夫か？」

「だ……大丈夫だ。ただ、やはり後ろから頼む……予想外の出来事で恥ずかしくて、おそらく今は主君に顔を見せられないほどに赤い……」

それは後ろから見える耳が真っ赤っかだからよくわかるよ。

これ以上はやめた方がいいんじゃないかと心の中の天使な俺が止めに入るが、俺はアイナに恥をかかせるわけにはいかない！

だから俺は、心を鬼にしてアイナのおっぱいを揉もう！　じゃなくて、アイナの体の前を洗おう！

「しゅ、主君も乗るのか？」

「後ろからだと、アイナも体を起こさないと洗えないだろう？　だからこうするしかないんだ」

アイナと二人でローションでヌルヌルになったマットに座り、近くには泡のめっちゃ立つ石鹸ローションの入った桶を用意しておく。

源泉から少しお湯を足し、温かさを確認。

アイナには両手を上げてもらい、俺はわきから手を差し込むようにアイナの前面に泡を塗り、触れていく。

「はぁー……はぁー……」

まだお腹だけであるが、アイナの呼吸は長く大きくゆっくりと。

落ち着くまではこの体勢で、抱きしめながらお腹周りを洗っていよう。

「しゅ、主君……いいぞ」

「わかった……いくぞ」

たっぷりと時間をかけてのゴーサイン。さあ、今回のメインだ。

俺は腕を上げていき、人差し指に大きく柔らかい壁を確認するとまずは下側に滑り込ませる。

「ひゃ……うう……はぁー……凄いな……心臓が早鐘を打ちすぎて壊れてしまいそうだ……」

アイナの心音がばっちりと把握できていて、ドッドッと鳴り響くのを手のひらで聞きつつ、俺は人差し指に感じる重みに感動していた。

下から掬い上げ、下乳と呼ばれる部分に指が触れると、ローションの滑りからとぅるんっとおっぱいが重力に従って下にすり抜けてしまう。

「ひゃぁん！……しゅ、主君。今のは……突然でドキッとしたぞ……」

「悪いが、何回かするぞ」

「え？　ええ？」

なにせ今の一瞬では洗えなかったからな。

そう。俺がもう一度したいのではなく、洗えなかったからである。

もう一度、あの指に触れた感触の違うおっぱいの一部に触れたいわけではなく、もう一度アイナから可愛らしい声が聞きたいわけではない。

「あっ……ひゃぁっ……」

とぅるんとするたびにアイナが小さく声を漏らし、回数を続けるうちにはっきりと別の感触も体感出来てきたので手を止めると、アイナの伸びていた背筋がくたっと力を失った。

「はぁ……はぁ……こ、呼吸を忘れそうになったぞ……」

「すまん。調子に乗りすぎたかな……」

「……いや。そんなことはないぞ」

アイナは力のないままに俺の手を取り、自分の左胸を触らせるように自分から押し付けてくる。

「主君には、もっと触れてほしい……もっと主君に知ってほしいのだ。私のことを……この、ドキドキも全部含めてな……」

俺の手に伝わる鼓動は、先ほどよりも強く速くなっていて、その一つ一つからアイナの気持ちが伝わってくるようだ。

「色々初めてで驚いたり、恥ずかしいことばかりだが……主君と一緒だと、楽しくて、温かくて、幸せを沢山感じられることが出来るな……ま、まあまだ顔を見合わせては難しいようだが……」

「……俺も、アイナと色々な初めてを体験したいよ。アイナをもっと、幸せに出来るなら。というわけで、まだ触れてないアイナの色々な初めての部分も洗っていこうか」

「ふぇ？　ま、まだあるのか……。い、いいだろう。主君の寵愛を全て受け切ってみせっひゃあん!!」

アイナの言葉の途中で俺が行動を再開し、アイナはまた可愛らしい驚きの声を上げつつも、こちらに身をゆだねてくれていた。

新しいところに触れるたびにアイナは体をビクつかせ、アイナの言う幸せを沢山感じさせる。

もう一度一連の流れを繰り返したところでアイナは驚きの赤さを耳に残し、頭からは蒸気が上がるんじゃないかと思うほどになってしまったところで、力が入らなくなってしまったらしい。

俺に寄り掛かるように力が抜けてしまっては仕方なく、洗い残していた腕や足、下腹部など隅々まで念入りに手で洗って終了とすることに。

「アイナ？　アイナ？　終わったぞ？　大丈夫か？」

「ふぁ……あ、ああ……終わったのか……いつの間に……」

アイナは終わったことにも気づかなかった様子だが、俺はちゃんと後ろからというルールは守っているので安心してほしい。

最後はお湯で泡ローションを落とせば綺麗な上に保湿もされた美しい体の完成だ！

「はぁぁ……気持ちよかった……気持ちよかったが恥ずかしかった……あっ」

「あ、アイナまだ立っちゃ駄目だ！　あっ！」

俺は失念していた。

ローションのついたマットの上で立ち上がってはいけないと注意することを。

そして、俺もローションマットの上に座っており、滑ったアイナを助けようとした結果……。

「っ……痛たた……しゅ、主君大丈夫か？　すぐ立ち上がるから！」

二人で滑った結果ひっくり返った桶のせいでお互い体が泡ローションまみれになり、アイナが俺の上に乗ってしまっている。

さらにはアイナと俺の胸がぴたりと重なってアイナが慌てるせいで、アイナのおっぱいが押し付けられてこすれてしまう。

「いや落ち着け！　まずは落ち着け！　いいか？　落ち着くんだ？　第一に落ち着いた方が絶対いいぞ？」

顔も見合わせてしまっているし、これ以上のことにアイナが耐えられるとは思えない！

もう今日はよく頑張ったから、これ以上は本当に頭から蒸気が上がって寝込んでしまうことも考えられるのだ。

エロイことは好きだ！　だが、アイナが倒れてしまってはよろしくないのである！

「いや、だが主君を下敷きに！　まずは体を起こさねば……って、滑る!?」

そうだよ滑るんだよ滑るから滑ったんだよ！

手をつき、なんとか上体を起こそうとするアイナだが、当然ついた手も滑るので少し立ち上がるとつるんと俺の体に舞い戻ってきては体が回転し、もう一度とするたびにおっぱいを胸に当てなががら結果なぜか百八十度回転してしまい、アイナのおっぱいの下に俺の……。

「あ……主君のものが……熱……硬くて反り返って……あ、す、すまない！　すぐにどくから！」

「いや、大丈夫だから本当、一回落ち着こう！　な！」

そんなことを言っても俺のアレを見てしまった上に、おっぱいの真下にそれがあるのだから難しいよね！

それに百八十度回転してしまったということで、俺の目の前には……これは流石にアイナに気づかれたらアイナは恥ずかしくて倒れてしまうかもしれない……。

冷静にと思えども、アイナはまた動こうともがいた結果、またも百八十度回転しておっぱいをこすりつけたまま上体へと戻ってきてしまう。

「あ、ど、どどど、どうすれば……！」

落ち着かせようと抱きしめようとしても滑ってとぅるっと抜け出てしまう。

テンパっているアイナがもがくたびに様々な方角へと移動してしまい、擦(こす)り擦られ挟まり挟まれ……。

結局、何故か顔を赤くしながら助けてもくれずに見入っていた皆を置いて、休憩を終えたシロが温泉のお湯をかぶせてくれてなんとか出ることが出来た……。

皆茫然(ぼうぜん)としている中、案内人さんがこれは凄いエッチです！　参考になります！　と、大興奮で言うもんだから、アイナは……頭から蒸気を出していたと思う……。

髪色に負けないほど、顔を真っ赤にして何故か俺が謝られてしまった。

俺としては……ご馳走様でしたというか、ありがとうございますというか、全力でお礼を申し上げたいところなんだがな。

……また是非、今度は指導したうえでよろしくお願いしたいと密かに思ったのだが、アイナは受けてくれるだろうか……っ！

あとがき

はーい！　皆様半年ぶりでございますね。どうもシゲです。

無事に6巻を発売することが出来ました！　更に更に、今回もコミックス2巻と同時発売です！

コミックス1巻を買った皆様は、カバーの内側はちゃんと見ましたか？

見ていない人はすぐさまチェック！　実はここが次はどうなるんだろうとかなり楽しみにしています！　長頼先生お好きにやっちゃってくださいな！

さて、続いてノベルスについてまいりましょうか。そういえば、5巻のあとがきで次回ははっちゃけると書きましたね。

それでは………マットプレイだ！　ひゃっはあああ！！！

アイナの大きな体とおっぱいがぬるぬるのテカテカで体の上をとぅるとぅるですよ！

それにソルテのヒロイン力の高さ！　ああー乙女！　ソルテたん乙女！　単独表紙ですしね！

更にはレンゲの爆弾発言ですね！　言われたいね！　あんなことを女の子から言われたいねっ！

更に更に今回の新キャラである案内人さんですよ！　露骨にエロい！　エロい子好き！

最後のシーンとかWeb版じゃあ絶対できないよね！　今回も楽しく書けました！

最後はいつも通り、ご購入してくれた皆様！　私の我儘(わがまま)やこだわりにお付き合いいただいているオウカ様！　私が電話することを見越してタイミングを見て連絡をくれる担当編集様！　エロく！可愛く！　面白く！　コミックスを盛り上げてくれる長頼先生と漫画編集様！　際どいシーンも掲載させてくれる出版様に感謝を！　それでは皆様、また会えたら7巻でお会いしましょう！

作品のご感想、
ファンレターを
お待ちしています

あて先

〒141-0031　東京都品川区西五反田 7-9-5 SGテラス5階
オーバーラップ編集部
「シゲ」先生係／「オウカ」先生係

スマホ、PCからWEBアンケートにご協力ください

アンケートにご協力いただいた方には、下記スペシャルコンテンツをプレゼントします。
★本書イラストの「無料壁紙」　★毎月10名様に抽選で「図書カード（1000円分）」

公式HPもしくは左記の二次元バーコードまたはURLよりアクセスしてください。
▶ **https://over-lap.co.jp/865547245**
※スマートフォンとPCからのアクセスにのみ対応しております。
※サイトへのアクセスや登録時に発生する通信費等はご負担ください。

オーバーラップノベルス公式HP ▶ **https://over-lap.co.jp/lnv/**

異世界でスローライフを（願望）6

発行　2020年8月25日　初版第一刷発行

著者　シゲ
イラスト　オウカ

発行者　永田勝治
発行所　株式会社オーバーラップ
〒141-0031
東京都品川区西五反田7-9-5
校正・DTP　株式会社鷗来堂
印刷・製本　大日本印刷株式会社

ISBN　978-4-86554-724-5 C0093

【オーバーラップ　カスタマーサポート】
電話　03-6219-0850
受付時間　10時～18時（土日祝日をのぞく）